AF208857

Lino García Morales

El evanescente mundo de la nada

No se permite la reproducción total o parcial de esta obra, ni su incorporación a un sistema informático, ni su transmisión en cualquier forma o por cualquier medio (electrónico, mecánico, fotocopia, grabación u otros) sin autorización previa y por escrito de los titulares del copyright. La infracción de dichos derechos puede constituir un delito contra la propiedad intelectual.

© Lino García Morales, 2016
© Lázaro Saavedra, *por la imagen de portada* (*Bajo Presión*), 2014

Edición e impresión por BoD – Books on Demand
info@bod.com.es – www.bod.com.es
Impreso en Alemania – Printed in Germany

ISBN: 978-8-4132-6067-9

A Hugo, Héctor y Viki,
a Danilo Molé y Abel Pérez,
a David Palacios, Luis Gómez y Kenya,
en memoria de Pedro Álvarez y Carmen Cabrera.

Exon dejó pocas cosas; entre ellas, varias cintas de casete grabadas con canciones que, se podría decir, conforman la banda sonora de esta novela. Si desea disfrutar de una experiencia más amplia, escúchela en Spotify a través de la URI o del código QR:

spotify:playlist:7zKdQANCyaOxFemKyZNr1R

También dejó un sobre dentro del cual estaban algunas de las fotos post-mortem que usó de modelo para pintar en México; otras se perdieron. Fotos que puede ver a través del enlace o del código QR:

https://cartontabla.tumblr.com/post/188601398405/fotos-post-mortem

y algunas cosas mas de inestimable valor, que nadie reclamó.

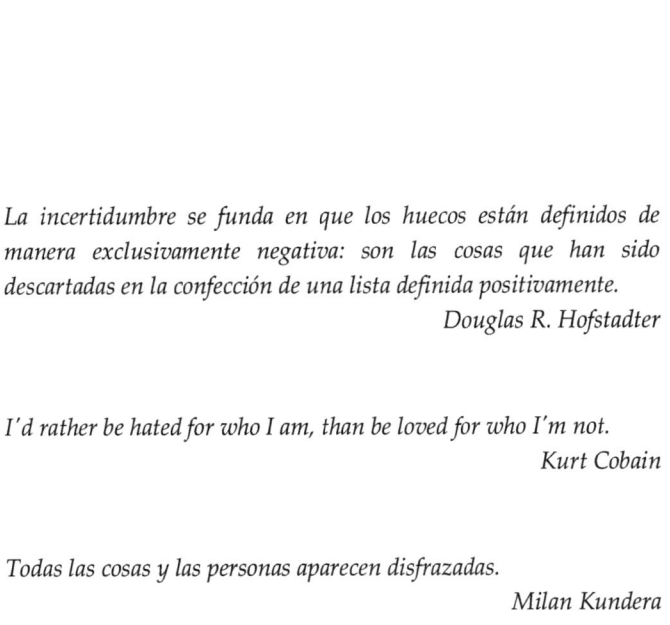

La incertidumbre se funda en que los huecos están definidos de manera exclusivamente negativa: son las cosas que han sido descartadas en la confección de una lista definida positivamente.

Douglas R. Hofstadter

I'd rather be hated for who I am, than be loved for who I'm not.

Kurt Cobain

Todas las cosas y las personas aparecen disfrazadas.

Milan Kundera

Lluvia de Cerdos

Un día cualquiera, de un mes cualquiera, de un año cualquiera en medio de los 90, en plena Habana, justo a los quince minutos de tirarse en la cama, Exon no pudo aguantar más las ganas de mear.

–Coño, to' el singa'o día sin ir al baño y na' ma' me recuesto y dale… Me cago en…

–Eso se llama vejez –le grita Mara desde la sala– y deja de andar en cueros por toda la casa, ¡por favor! Un día de estos los vecinos…

–¡Los vecinos! ¿Qué cojones…

–No creo que les haga mucha gracia ver tus huevos colgantes de babilonia o ese pingajo deslecha'o a media asta.

Y podría haberle contestado: «¡bien que has saborea'o esos huevos!» o «¡anda que no has forra'o pepino con esos intestinos cagalitrosos!» o «¡qué hija de puta!» pero estaba demasiado cansado para eso. Demasiados años. Demasiado peso. Demasiado jodido para tener ganas de seguir jodiendo. Así que siguió arrastrando los pies hasta el baño y meó y meó, que parecía que iba a desbordarse el inodoro (había olvidado que estaba tupido) y se quedó más que a gusto. Y se dio cuenta del placer que tiene el vacío de una buena meada. No tanto como singar o comer o ¿dormir? Dormir, quizá.

Y pensó en destupir aquella puercada mostaza, pero los tanques estaban vacíos. ¡No había agua! –Me cago en… –Había perdido el sueño. Había perdido la vida. Había perdido. El cansancio, el verdadero cansancio, era tal que le aplastaba como aplasta un mineral pesado abstracto. Olía a suciedad, a abandono, a decrepitud, a olvido, a desahucio, a un olor tan familiar como imperceptible.

Salió al pequeño patio improvisado de azotea y miró al cielo enorme, azul y despejado. Efectivamente, quizá podían verlo. Pero, ¿qué más daba? De repente vio a un enorme lechón caer en el asfalto como un meteorito. Desde allí arriba no pudo ver muy bien si abrió un nuevo boquete o reordenó todos los baches de otra manera. Con ese ruido que hacen los cerdos cuando les clavan un puñal en el corazón, el animal chilló ensangrentado hasta que pudo ponerse de pie y salir corriendo. Luego cayó otro sobre el mojón de la esquina y se desintegró en varios trozos de carne y grasa. Los pocos que lo vieron salieron corriendo, agarraron lo que pudieron contra sí y, manchándose de sangre y vísceras, corrieron hacia donde nadie pudiese arrebatárselo. Los que vieron a los que corrían se preguntaban hacia dónde tenían que correr para agarrar lo que pudieran y correr. Y siguieron cayendo más cerdos durante media hora y a los que podían levantarse y salir corriendo la gente los perseguía y los derribaba y los mataban con lo que podían: un trozo de cabilla, un fleje o a puño limpio. Hubo un tipo que se quitó el cinto del pantalón y se lo puso a uno; como un collar a un perro. Pero no podía sujetar al cerdo y a sus pantalones con la misma diligencia y al final el cerdo se le escapó y otros le dieron caza. Y les imploró que era suyo, pero lo ignoraron y lloró ahí en medio de todo el jaleo sin importarle lo que pensaran de él. Y nadie se percató de que Exon estaba desnudo. Tal y como su madre lo había traído por puro accidente a este mundo. Ningún vecino lo vio. Entonces Exon tuvo una premonición. Miró al cielo y pudo ver como un cerdo crecía desesperadamente contra su cara. Su obra de arte total.

Gato por liebre (primera parte)

Exon nació con un controvertido don, el don de la falsificación. «Lo original no es más que eso, una ilusión», pensaba, y a veces se le escapaba con los labios tan apretados; que salía como un ridículo suspiro asmático inaudible por mucho oído que se le prestara. «Lo original es puro placebo, sobre todo para los *snobs*». Lo falso es tan verdadero como la verdad más absoluta. No hay más que mirar alrededor. Exon era un artista capaz de convertir en verdad una mentira irrepetible. No era un mentiroso. No. Era un falsificador, que no es lo mismo. Lo falso solo necesita exhibirse el tiempo suficiente para ser verdad, ni siquiera defenderse. Es un estadio temprano de la verdad.

Exon miraba la realidad con una relatividad demasiado oriental, insoportablemente oriental. ¿Qué separa el bien del mal? Depende. Siempre depende. Y esto ni siquiera alcanzó nunca las cuerdas vocales de su tráquea. Esta idea, tan simple, debía vivir para siempre confinada en los pliegues arrugados de su cerebro; en algún rincón a salvo donde no hiciera falta agua ni alimento, luz o calor. Lo falso es tan verdadero como la verdad más absoluta, pero no debe ser revelado; aunque solo baste con mirar alrededor. Era un secreto ilegal dicho a voces del que solo él podía beneficiarse. Era eso frágil que, con independencia de lo mal que le fuera en el día a día, a él le seguiría beneficiando.

Era su secreto que una vez fue descubrimiento, pero que no hubiera podido ser, si no tuviera ese don; si no fuera un falsificador y el don es un accidente genético. Lo tienes o no. Es como nacer en un lugar o en otro (accidente geográfico), tener unos padres u otros (accidente genealógico) o vivir en un sistema u otro (accidente ideológico). En la catástrofe del día a día un accidente compensa a otro. Así funciona la complejidad. Al final es imposible distinguir si el desastre es nuevo o es una reordenación de desastres anteriores; tan difícil como separar el trigo de la paja o la verdad de la falsedad.

Exon descubrió su don un día de esos iguales a otros que no había nada en la despensa para cocinar. Entonces se presentó un tipo en la puerta y le ofreció un gato de la misma manera que si le ofreciera un pescado.

–¿Eso se come? –preguntó.

–Claro asere, ¿tú crees que yo te voy a vender algo que pueda fundirte? Está pela'ito y to', directo pa' sarteniza'l.

Y Exon, que solo tenía unos trozos de papas y zanahorias en la despensa, lo "sartenizó" con la ayuda de las últimas gotas de una botellita de aceite de soja y unos granos de sal. Cuando Mara llegó del trabajo Exon sirvió el plato acompañado de medio aguacate.

–¡Qué rico! –dijo al probar el primer bocado–. Oye, ¡que suerte! –continuó en éxtasis con la boca llena y los ojos cerrados.

Exon lo probó y sonrió. Ese día Mara comió conejo y Exon gato.

Hay que hacer una distinción importante cuando hablas acerca de la genuina calidad de una pintura. No tiene que ver con si es una pintura real o una falsificación. Tiene que ver con si es una buena o una mala falsificación.

Orson Welles

Lo que no se parece a nada no existe.

Paul Valery

Chichiricú mandinga

Mucho antes de que Exon comiera gato, ¿o conejo?, o mucho después; mucho antes de la lluvia de cerdos, o mucho después, Exon recibió un extraño encargo de su amigo Wolf. Lo siento por la imprecisión de los tiempos, pero los días eran y son tan parecidos, que es imposible determinar cuál fue *déjà vu* de cuál. Solo hay que mirar alrededor. En éste pasaje lo más relevante es que Wolf traficaba con obras de arte, quería vender un pequeño cuadro de Lam heredado por la madre de una amiga, a su vez amiga de Lam, a un diplomático y el óleo estaba algo deteriorado. Wolf pensó que restaurado valdría más y así su comisión por la transacción sería mayor y pensó también en Exon que, aunque lo conoció en un taller en la Escuela de Diseño, dijo que había estudiado en la Academia de San Alejandro, y se acordó también que pintaba mejor que la media. Exon, cuando vio aparecer a Wolf con aquel lienzo pequeño enrollado dentro de un trozo de tubo de desagüe de inodoro, pensó que aquello ya había pasado antes, o que pasaría después, pero como estaba pasando en ese momento, le invitó a entrar y subieron a la azotea.

Lam, el famoso Wifredo Lam, el siempre extranjero, el eterno viajero, el amigo de Picasso y Breton, el triunfador del mestizaje. Cuando Wolf desplegó el lienzo arrodillado en el suelo, Exon entendió que lo de menos era el resultado de mezclar un chino con una mulata. El lienzo era pequeño y en él apenas se podía ver una figura a medias entre un Eleggúa y un chichiricú con un rabo muy largo en forma de flecha y cuernos. Poca pintura, poco color, figuras simples, geométricas, líneas mínimas, …

–¿Qué bolá? ¿Qué te parece? –Exon estiró la pausa algo más de lo debido–. Asere, súbete los pantalones que se te salen los huevos por el agujero –Exon lo obedeció mecánicamente.

–Interesante –dijo pensando que, en realidad, no sabía muy bien qué quería Wolf oír. "Interesante" es un término neutro. Ni fu, ni fa.

–¿Es original? –preguntó. Exon volvió a examinarlo. No había visto un Lam tan cerca en su vida fuera de un museo, pero recordaba a la perfección los Lam del Museo Nacional, que miraba lo más cerca que le permitían cada vez que iba, y los Lam de los libros de arte.

–Si –sentenció y Wolf sonrió; quizá pensando «lo sabía».

–Me hace falta que lo restaures. Tengo un comprador y me hace falta que lo hagas rápido. En una semana. Te pago 200 fulas.

Exon volvió a mirarlo aunque, en realidad, no había levantado la vista del lienzo, ni siquiera para responder a Wolf.

–Ok –le dijo–. Vuelve en una semana y... –hizo una pausa, una pausa larga que ya Wolf estaba a punto de interrumpir de lo angustiosa que era cuando prosiguió– no le digas nada a Mara –y Wolf iba a condenarle que nadie podía enterarse de esto, pero Exon se le adelantó–. Ni a Mara, ni a nadie.

40,4

Cuando Mara abrió la puerta, pudo ver a aquel tipo con cuernos de venado en la cabeza y una caja de zapatos en una mano.

–¿Qué se le ofrece? –preguntó Mara con educación y expectativa; en estos tiempos podían ofrecer cualquier cosa. De hecho, el último vendedor no ofrecía nada en particular; se limitó a preguntar «¿qué es lo que quieres?» dando por hecho que necesitaba de todo.

–Vendo consoladores –respondió con pasmosa tranquilidad. Mara lo miró de arriba a abajo. Iba bien vestido; de hecho llevaba una americana de lino entre beige, hueso, marfil, tabaco clarito, quien sabe.

–¿Tengo cara de necesitar un consolador?

–Todo el mundo los necesita, pero este es especial –continuó exponiendo aquella especie de Wendigo–. Este, en particular, se mueve sin pilas y es de su talla; ha sido hecho con el molde exacto de su vagina.

–¿Mi talla?

–Si –Mara le invitó a pasar intrigada por el producto–. Observe cómo se parece al pene de su marido –dijo extrayendo con sumo cuidado el dispositivo de su envase–. Si el volumen de los penes y las vaginas tuviera un número, los dos, su marido y usted, compartirían la misma talla: 40,4.

–No es exactamente mi marido.

–Es su pareja, ¿no?

–Si, es mi pareja. Pero ¿y eso cómo usted lo sabe?

–Se muchas cosas, aunque no se preocupe, que no trabajo para ningún organismo de inteligencia –Aquel dispositivo sexual, sin duda, se parecía al de Exon; aunque solo fuera en la forma. No era de un color en particular, sino de muchos colores chorreando, juntándose y separándose caprichosamente. En general dominaba el rosa y el gris y algunos tonos marrones. Era hermoso–. Todos los penes parecen iguales, como las vaginas, pero no es así. Todos y todas son particulares. No existe un pene igual a otro, ni una vagina igual a otra. Puede probarlo si quiere para que vea que no le miento.

–¿Probarlo? –Mara lo miró con cara de ponerlo en su sitio: «¿Y esa confianza?», pero no hizo falta.

–Oh, perdone. No quiero decir aquí, ahora mismo. Puedo dejárselo para que compruebe que no le miento.

–¿Cómo sabe estas cosas?

–Simplemente las sé. Tengo ese poder.

Mara, aunque dudó, decidió no probarlo. Lo despidió con amabilidad sugiriéndole que saliera con cuidado de no destrozarse la cornamenta con el marco de la puerta. Costaba apenas diez dólares, pero ella tenía una vida sexual normal, animada más bien. Aquel cornudo tenía razón. Los consoladores no sustituyen un buen miembro, sino que lo complementan. Tenía varios de diferentes texturas y tamaños, comprados por el propio Exon en sus viajes. Sabía con pelos y señales de que hablaba.

Al irse, Mara subió las escaleras, se desnudó de cintura para abajo, se sentó en el sofá y frotó con suavidad su clítoris con los dedos, mirándolo con detenimiento. Aquella cosa le había inspirado. Enseguida se mojó entera. Cogió uno de sus consoladores, el preferido, uno negro, gordo y largo. Se lo introdujo del todo y se vino como solía hacerlo: a plenitud. Mara pensó que en realidad no lo necesitaba, pero se quedó con la duda de qué pasaría si aquel juguete multicolor fuera una copia exacta de la pinga excitada de Exon.

Langosta para cerdos

Nunca antes, nunca, jamás, Mara había probado langosta. Mara provenía de una familia guajira y en el campo, como se sabe, no se cultivan langostas. Después se mudó a La Habana, donde sí hubo alguna vez, pero no antes de ese momento. Entonces y ahora, la langosta estaba prohibida. En rigor, el único que podía traficar con la langosta era el Estado; que se la vendía a los turistas en dólares o la exportaba. El resto de la población debía resingarse; perdón, quise decir resignarse. No se podía pescar y estaba escasa. Con el hambre de los 90 desapareció hasta de los libros de textos. Por desaparecer, desaparecieron también los libros de texto. Para la generación de la gran hambruna, del período súper-especial, de la opción cero, la langosta era un animal mitológico. Costaba cara, muy cara. Su sabor, en los confines del sabor del picadillo de soja, o del bistec de plátano, era insultante. No había paladar para langosta. Así que cuando Mara la vio cocida encima del plato, ¡con mayonesa! y puré de patata, reaccionó como si hubiera venido un familiar de Las Tunas a visitarla.

–¿¡Y eso!? –Exon pensó que era por el color asalmonado, o el perfume que despedía, o por lo apretada de la carne, pero incluso llegó a preguntarse si en realidad era por aquella crema espesa y blanca.

–Langosta, mami, langosta –intentó explicarle.

–¿De dónde ha salido ese bicho? –le interrumpió ella.

–De donde va a ser mamita, del mar –le explicó Exon preocupado por el estado mental de su mujer. ¿Lo había olvidado?, ¿no lo conocía?

–Mira que por eso te pueden meter preso –entonces Exon comprendió con claridad lo que sucedía. No había duda. No pasaba nada. Otro gallo cantaría si hubiese dicho «Mira que por eso nos pueden meter presos». Pero no. Todo estaba bajo control.

–Relájate. Siéntate aquí tranquilita que voy a traer unas cervecitas –y se alejó a la cocina y Mara se quedó quietecita allí, sentada en medio de la terraza, frente a una mesa con velas; que, aunque eran las de reserva para los apagones, le perdonó que brillaran allí para ella en quizá lo que sería el momento más romántico experimentado en el último quinquenio. Miró alrededor por si veía algún vecino. Pero no. En realidad, por mucho que le preocupara que Exon anduviera siempre con los huevos al aire, cualquiera no podía ver lo que sea que sucediese en aquella terraza. No era posible. Ni con anteojos curvos. Exon había formado una especie de muro con algunas de las cientos de botellas de Vodka que había vaciado y también tenían plantas, incluso mariguana. Nadie podía espiarlos, ni olerlos, ni mucho menos, degustar de aquel manjar. Cuando Exon regresó la encontró desnuda. Todavía estaba buena. Aquella mierda de vida no había conseguido apagarla. Se quitó la ropa como un tigre pero ella lo paró en seco: –Después de cenar. Ahora siéntate aquí tranquilito y disfruta.

–¿Sabes que los primeros colonos americanos la llamaban "la cucaracha del océano" y la usaban para alimentar a los cerdos? –Mara bebió un largo sorbo de cerveza fría mientras destrozaba un pequeño resto de un bocado de aquel antiguo sancocho. «Manda pinga… ¿pienso para cerdos?», pensó–. Era comida para pobres, criados y animales de granja. Quizá para esos puercos era más de lo mismo.

Mara estaba acostumbrada a estas parrafadas de Exon. No tenía ni idea de donde las sacaba, pero no las cuestionaba. Serían verdad pero si no, qué más daba, siempre eran entretenidas. A veces parecía una enciclopedia ambulante, a pesar de que en casa solo había una pared llena de libros, pero lo contaba así, con tanta generosidad, con tanta gracia, con tanta erudición, sin oírse, que incluso le gustaba prestar sus orejas. Le gustaba que fuera una especie de sabio sin humos.

–Pero la cosa… –prosiguió Exon tratando de masticar y saborear a la vez– cambió en mil ochocientos… –se tomó su tiempo; aunque Mara no supo muy bien si para tragar o buscar la fecha–, en mil ochocientos cuarenta y uno, me parece, por la primera fábrica de enlatados de Estados Unidos… en Maine. ¿Sabes qué? Los tipos pensaron «Coño, este bicho está bueno y barato y además es perfecto para enlatar», que era a lo que se dedicaban. «Esto lo que está es mal ubicado» y entonces probaron a venderlo donde no tenía tan mala fama.

–¿En serio?

–Completamente, y fue todo un éxito –la langosta cada vez sabía más rica; como si el paladar recuperase sus pulsaciones–. Y no solo eso. Alguien, no se quién, pensó: «Oye, por qué no vender esta mierda a los ricos como si fuese lujo; ya sabes, darles gato por liebre» –y Mara se estremeció solo de pensar en comerse un gato creyendo que era conejo y Exon siguió su clase gastronómica–. Y sabes qué: lo vendieron en los ferrocarriles a los turistas de clase alta servidos en bandejas de plata, con velas y servilletas color púrpura y cubiertos de plata y oro y…

–¿Y qué?

–Pues, como no la conocían, se la tragaban maravillados por su exquisito sabor y la degustaban como algo especial. Y así los mismos de Maine probaron a subirle el precio en los restaurantes y dio resultado porque si los ricos decían que estaba buena era porque seguro estaba buena y después, cuando llegó la refrigeración, la exportaron lo más lejos que pudieron y también gustó porque no entiendo cómo a alguien no le puede gustar este bicho y… –Mara puso un signo de interrogación en su cara y Exon uno de «Coño, dame un filo que si no se me enfría»– y al final empezó a escasear y entonces se volvió cara porque había poca.

–¿Entonces esta te salió carísima, no?

–Efectivamente, pero no por eso, sino porque aquí está esquilmada y además, lo más importante, prohibida. La ley de la oferta y la demanda.

Mara siguió degustando aquella ricura nueva a su paladar y ni preguntó cuánto costó para no malgastar el momento. Y después de aquella suculenta comida hicieron el amor como cerdos y se vino dos veces, ella que apenas era mono-orgásmica, y después se quedaron dormidos allí en el suelo, bajo las estrellas, con la satisfacción que da gozar de lo prohibido. Porque si, razonó ella adaptando la historia antes de cerrar los ojos, si solo los ministros y los dirigentes del partido la comen, si solo los extranjeros la comen, no cabe duda: tenía que estar buena.

Si las cuelgas en un museo o en tu colección de grandes pinturas y las dejas allí el tiempo suficiente, se vuelven auténticas.

Elmyr Dory–Boutin

Remain in light

Exon solía trabajar con música. Su "estudio", en general, era la terraza. La casa constaba de dos plantas. En la planta de abajo vivía la abuela de Exon y en la planta de arriba Exon y Mara. Ambas casas se comunicaban por el interior a través de una escalera y nunca se preocuparon de independizarlas. Pusieron un timbre que sonaba arriba (en definitiva a la abuela nadie venía a verla y apenas oía) y mediante una cuerda podían abrirla; cerrarse no hacía falta; un largo y desvencijado muelle tiraba de ella como un brazo invisible mediante un sofisticado mecanismo desengrasado. Con el teléfono la cosa era distinta. Tiraron un cable (extensión ilegal) para arriba y cuando llamaban, si contestaba el destinatario equivocado arriba/abajo debía ordenar la repetición de la llamada y colgar.

La escalera llegaba a un salón bastante grande a través de una pesada puerta de madera y el salón continuaba por un lado a una habitación del mismo ancho pero más corta (antes era un balcón) y por el otro, a un generoso baño verde y a una roñosa cocina que, al final, daba al patio forrado por una verja artificial de botellas de Vodka azules vacías y muchas plantas. Un patio enorme cubría todo el resto de la planta baja. Allí vivía y allí trabajaba Exon en completa armonía con su vida, Mara y "la abuela"; que la pobre, a pesar de que estaba cada vez más ida, nunca molestaba.

Cuando Mara salía para el hospital, Exon ponía su música favorita en una casetera Sony que compró cuando el gobierno inventó las tiendas en dólares en los hoteles. Tenía pocas cintas pero no necesitaba más: Talking Heads, King Crimson, Peter Gabriel, Laurie Anderson, Genesis, Tracy Chapman, Charly García y algo más. Exon eligió *Remain in Light*, de Talking Heads, empezó a sonar *Born under punches* y, cuando se disponía a coger un lienzo y montarlo en el caballete, sonó el timbre de la puerta. Se asomó por la enorme ventana de la habitación (que una vez fue balcón) y vio que era Wolf. Bajó para abrir la reja exterior. Wolf lo esperaba con los brazos cruzados y una expresión a medias entre partirle la cara o partirle la cara.

–Asere ¡Tremendo cabrón! –Exon se quedó helado esperando el golpe–. ¡Eres un caballo! ¡Relincha man! ¡Relincha! ¡De pinga mostro! –dijo Wolf y lo abrazó riéndose. Exon respiró con alivio y todavía con el rostro lívido subieron arriba. Wolf sacó varios billetes de 20 dólares del bolsillo, se los entregó a Exon y se quedó esperando su reacción.

–Quedamos en que eran 200, no 300.

–Pero tú eres un mostro y a los mostros hay que estimularlos. Gracias a tu pincha pude sacarle el doble de lo que pensaba. Te los has gana'o Peter Pan. Eso lo decía el mismísimo Che: «El trabajo se premia o se castiga». Así que esto no es más que justicia proletaria. Saca una cervatana que esto hay que festejarlo.

Exon sacó las dos últimas cervezas que quedaban del congelador (que enfriaba mucho, pero no congelaba) y chocaron las botellas mientras el coro seguía cacareando:

And the heat goes on... And the heat goes on... And the heat goes on...

And the heat goes on... And the heat goes on... And the heat goes on...

And the heat goes on... And the heat goes on... And the heat goes on...

Where the hands has been... And the heat goes on... And the heat goes on... And the heat goes on...

y David Byrne berreaba como un poseído:

All I want it to breathe
Won't you breathe with me Hands of a Government Man
Find a little space so we move in-between
And keep one step ahead of yourself. Don't you miss it! Don't you miss it!

Después Wolf se fue y regresó con otra de esas botellas de Vodka azul SKYY de 40% de alcohol. La vaciaron en poco más de media hora.

–Bueno Peter, me piro que todavía tengo bola de cosas que hacer –se despidieron con un abrazo de hasta la próxima, si es que hay una próxima, y bajó corriendo las escaleras.

–Pa' la próxima dame más tiempo –le suplicó Exon con cierta timidez antes de que Wolf cerrara la reja y lo perdiera de vista. Entonces Exon se encaramó en la encimera, metió la mano hasta el fondo del estante más alto, y bajó una pequeña y vieja caja de metal, que alguna vez fue de primeros auxilios, llena de billetes de 20 y 10 dólares. Metió los nuevos 300 doblándolos y enrollándolos hasta hacerles un hueco y devolvió el cofre del tesoro a su lugar. «¿Ahora qué?», pensó. «¿Ahora qué?». Pero no hubo respuesta. No pudo oír, ni ver nada. Así que abrió la pila del fregadero (por fortuna había agua) y metió la cabeza debajo. Y se regó como una planta durante un rato. «¿Ahora qué?», se preguntó y pudo escuchar una leve respuesta: Ahora… nada.

En 1948, tres años después del final de la Segunda Guerra Mundial, el artista y conservador Dietrich Fey recibió el encargo de restaurar los frescos de la catedral de Lübeck, destrozada por los bombardeos. Lothar Malskat formaba parte del equipo. En 1951 terminaron el trabajo de restauración y los frescos del siglo XIII fueron desvelados al resto del mundo. El trabajo fue perfecto. En 1953, Lothar Malskat desveló el secreto a la revista *Life*. En su número del 12 de enero de 1953 terminó la celebración: los frescos eran falsificaciones.

Malskat confesó ante las autoridades que había cubierto los murales para, posteriormente, volverlos a pintar él mismo. Nadie le creyó. Sin embargo, Malskat guardaba un as bajo la manga: había añadido algunos anacronismos en los frescos: santos, animales, escenas de fábulas de Esopo, la actriz Marlene Dietrich, Rasputín, etc. No cabía duda.

Malskat fue detenido. Admitió haber falsificado cientos de lienzos de pintores como Rembrandt, Watteau, Munch, Corot, Chagall o Picasso. Podía copiar una pintura antigua por día. Le llevaba una hora hacer un Picasso.

Fragmento de *Los restauradores*, Lino García.

Happy Baby

Exon cumplió 33 años, la edad de Cristo cuando lo crucificaron, la edad de Fidel cuando triunfó la Revolución, un día cualquier de octubre olvidado si no fuera por Mara, que le felicitó nada más despertarse. La sorpresa de cumpleaños iba a ser un buen "palo" matutino. Para Exon el día amaneció con "Mara en pelotas desperezándole el rabo con un despertador de lametazos. Abrió los ojos y pudo ver el agujero de su culo muy cerca y sentir su espesa pendejera frotándole la barbilla".

–Espera un momento, solo un momento –susurró Exon–, tengo que ir a mear.

–Estás echo un viejo cagalitroso –se rió Mara–. Papi, tú no tienes edad de tanta meadera, deberías ir al proctólogo –le sugirió.

–Mi culo está perfectamente.

–Es verdad, qué bruta soy, al urólogo –se rió de nuevo con más ganas, mientras oía el abundante chorro de orina–, a este paso voy a suspender las prácticas –Mara se estiró en la cama y pasó revista a su cuerpo. A los 19 años todo estaba donde tenía que estar–. Oye… lávate bien esa pinga si quieres que te la chupe.

Exon obediente, después de descargar el inodoro con un cubo, cogió un jarrito de agua del tanque y se lavó como pudo el glande. Mientras frotaba con sus dedos y pensaba en lo que vendría a continuación tuvo una erección quijotesca.

–Así me gusta papi, no hace falta que te la seques. Ven acá –le pidió Mara y volvió a la misma posición anterior.

Gozaron sin prisa y sin pausa hasta que los dos chillaron al unísono. «Qué mejor regalo de cumpleaños», pensó Exon. –Lo mejor –dijo Mara como si leyese sus pensamientos–, lo mejor, lo he dejado para la noche papi. *Happy baby to you.*

Y Exon se quedó pensando en qué cosa podía ser mejor y Mara se enfundó con su conjunto blanco de estudiante de enfermería en prácticas y voló escaleras abajo como un ángel extraviado. Llevaban viviendo juntos un par de años. Exon cumplía 33. Mara tenía 19 recién cumplidos.

Exon se preparó un café como Dios lo trajo al mundo y lo bebió sorbito a sorbito en su poltrona preferida disfrutando de los primeros rayos de luz, ahí, en el patio. Después enjuagó un poco la botella azul que trajo Wolf. Buscó su lugar en su muro de cristal anti miradas indiscretas y la encajó como si hubiese sido diseñada para ocupar ese lugar una vez terminada su función etílica; una exaptación en toda regla. Atravesó la cocina en dirección al salón, cerró la enorme puerta de madera que da a la escalera y se adentró en el salón. Estaba solo y aislado.

La pared que sigue a la cocina tiene un ventana, no muy grande, clausurada; porque Mara prefiere el aire acondicionado artificial a la caricia natural de los vientos alisios. El tabique que sigue al baño, enfrente, es una pared de libros sin ventanas de punta a punta. Una pared literaria. Pero no es solo lo que parece. Es una falsa pared. El tramo final, es en realidad una puerta con forma de librería, que acoge los libros menos interesante, irrelevantes e insignificantes de la colección. Es pequeño pero no tanto como para no dejar paso a un pasillo interior de casi un metro de ancho donde guarda sus lienzos.

Exon entró en su almacén secreto, dio al interruptor que encendió una larga lámpara de luz fría, caminó hasta el final y se agachó para recoger un pequeño rollo del suelo. Exon desplegó el lienzo allí, de rodillas, y vio una figura a medias entre un Elegguá y un chichiricú con una "picha" muy larga en forma de flecha y cuernos. Poca pintura, poco color, figuras simples, geométricas, líneas mínimas, … Era un Lam, ¡un Lam original!

Fernando

Por la noche se fue la luz. Mara llegó en medio del apagón y se encontró una casa con velas por todas partes. Hasta le pareció romántico sino fuera por el detalle que el aire acondicionado no funciona sin luz. Y sin aire, sin luz y con terral, el ánimo cambia. Le preguntó a Exon si sabía qué pasaba.

–Ni idea –se limitó a responder–. Hoy mismo vino el punto del contador. Pero el apagón es en todo el vecindario –se limitó a evidenciar lo obvio.

–En todo el vecindario no, el vecino de enfrente tiene luz –protestó Mara a sabiendas de que el vecino de enfrente trabaja en una firma extranjera y tiene una planta generadora. Ella también quisiera una, pero para Exon resulta un gasto innecesario. La primera vez pensó que quizá estaba siendo un poco tacaño y cada vez que se va la luz se lo recuerda, pero Exon es demasiado generoso. Así que se resigna una y otra vez, más confusa que satisfecha. La verdadera razón no es el dinero. Es la ostentación. Exon no quiere ningún tipo de alarde sino todo lo contrario. Lo único que desea es discreción, anonimato. En realidad no les falta dinero sino productos que comprar. Al vecino de enfrente le falta dinero, pero le sobran productos que "comprar" y parece querer todo lo contrario. Lo consigue con creces. Cada vez que se va la luz, 9 de cada 10 vecinos se cagan al unísono en todos sus muertos y especulan acerca de la legalidad de la procedencia de semejante artilugio. Y cada vez que se va la luz y pone música para todo el vecindario, 10 de cada 10 vecinos quisiera cortarle el cuello y quemarle la casa con todos sus inquilinos dentro.

Mara preparó una sopa de pollo (de huesos de pollo, para mayor exactitud) para "la abuela" y pensó en freír unas croquetas de perro sin tripa para ellos después, cuando se quitara la ropa y el calor. Para su eterna sorpresa, Exon había limpiado y llenado la bañera vacía que tenían en el patio con agua fresca y flores blancas. Mara le besó con pasión, casi orgásmica de la emoción y le prometió una noche por encima de cualquier expectativa que hubiera tenido del romántico matutino.

Se hundió en el agua perfumada como la diosa Oshún y empezó a elucubrar el resto del regalo de cumpleaños del viejo Exon que, por su parte, estaba dispuesto a matar si hiciera falta para terminar el día más caliente que como empezó. Por la tarde consiguió un pomo de refresco de limón y té para acompañar. Ahora todo parecía complicarse sin electricidad, pero el refrigerador, que no congela pero enfría, guardaba en lo más frío de su oscuridad los pomos listos para el despliegue de romanticismo a la luz de las llamas.

Comieron los dos desnudos. Exon estaba más gracioso que de costumbre. Mara estaba más enamorada que nunca. Sus pezones se electrificaron, su bollo se empapó y ya nada podía detenerla. Se hundió a horcajadas en la pinga de Exon –Ni se te ocurra venirte –le previno y lo hizo ella, despacito, dos veces, primero con los dedos de Exon registrando su culo y después al revés, pajeándole con suavidad. Después se fue y regresó con un consolador XXL en una mano y un pomo de vaselina en el otro. Ese día forraría pepino.

—Si te sigues metiendo esa cosa va a llegar el momento en que ni te enteres cuando te la meta yo.

—De eso nada monada. Esta cosa no sabe moverse como tú. Esta cosa es para que riegues mis intestinos con proteína.

Dicho y echo. Ella misma se untó vaselina en el agujero del culo y volvió a sentarse sobre la cabilla de Exon que, si bien no era ni muy ancha, ni muy larga, era imposible doblarla. Se deslizó sin parar hasta que la pinga de Exon se perdió entre sus largos intestinos. Exon la pajeó de nuevo. Justo antes de venirse se metió aquella cosa de goma hasta el final. Entonces entró en trance. Esos trances en los que no era capaz de distinguir cuando acababa un orgasmo y empezaba el siguiente. Era como una venida en cadena que, a su vez, le aumentaba las ganas. Si hubiera tenido otro agujero se habría metido lo primero que tuviera a mano. —Ahora, cuando quieras, viénete. Lléname de leche papi. Inúndame cabrón. Ahora. ¡Ahora! ¡¡Ahora!! —gritaba y cuando Exon ya no podía más, un estruendo estremeció la terraza. Mara se salió despedida como un muelle.

—Noooooo —gritó Exon agitando perdido su pinga con las manos—. Noooo.

—Corre coño que es la abuela —le gritó Mara desde la puerta de la escalera. Bajaron los dos en pelotas y se encontraron a la Abuela en el suelo. Se había caído. Lo que sonó fue el ruido del impacto de su cabeza contra el granito. Estaba semiinconsciente. Tanto que no era capaz de distinguir si estaban en cueros o vestidos con traje de gala militar.

—¡Abuela! Abuela —llamó Exon sin recibir respuesta mientras levantaba la cabeza ensangrentada con su mano todavía pegajosa—. ¡Abuela!

Pero la abuela parecía que partía de viaje al más allá.

—Fernando —susurró con los ojos clavados en Exon—. Fer...

Después no dijo nada más. Su corazón se paró con los ojos abiertos y la boca preparada para soltar el resto de su nombre. Mara corrió a ponerse una bata y salió a la calle gritando.

–¡Auxilio!, ¡auxilio!

–¿Qué pasó? –empezaron a aparecer vecinos por todas partes– ¿Qué pasó Mara? ¡Ay, Dios mío!

–Parece que está muerta. ¡Ayuda por favor! –siguió gritando. Cuando los vecinos entraron a la casa, Exon aún no había tenido tiempo de subirse los pantalones y ponerse un *pullover*. Entre varios voluntarios la sacaron en volandas y la llevaron corriendo hasta la esquina. Pararon el primer carro que pasaba y lo desviaron al Hospital. No se pudo hacer nada. La abuela había muerto entre las manos pegajosas de Exon mientras repetía: Fernando.

La gente dice cosas raras cuando se muere

Traumatismo craneoencefálico, fue el resultado de la autopsia. Traducido al cristiano: resbaló y el golpe fue letal. Exon pagó una módica cantidad en la Funeraria para que la adelantaran en la lista de la cremación y al día siguiente estaban en casa con las cenizas en un frasco de metal parecido a una lata de melocotón. En el corre-corre la puerta de la calle quedó abierta. La de arriba no, un largo y desvencijado muelle la cierra a cal y canto como un brazo invisible mediante un sofisticado mecanismo desengrasado. Pero la de abajo sufrió las consecuencias. Se habían llevado el televisor, el teléfono, la ropa de "la abuela", el colchón y quien sabe cuantas cosas más. Mara se echó a llorar.

–Vamos a llamar a la policía –dijo entre lágrimas.

–¿Para qué? ¿Tú crees que es posible recuperar algo? ¿Para qué? No merece la pena –dijo, y Mara rompió a llorar con unas ganas que Exon jamás había padecido. Lloró desconsolada y sin interrupción hasta quedarse sin lágrimas. Seguía con más ganas de llorar, pero ya no tenía con qué. Estaba seca. Era como pedalear con una bicicleta acuática en la arena. Así que se puso de pie y miró por todo el salón. También se habían llevado las fotos y los innumerables lienzos regalados a Exon por sus amigos.

–¡¿Para qué coño alguien querría unas fotos?! –Mara se refería a fotos personales, de "la abuela". No quedó nada en las paredes. Gritó, pero ya no podía llorar, así que se sacudió de rabia y luego se quedó inmóvil. Exon la miraba sin saber qué hacer. Pasaron dos, tres, quien sabe cuantos minutos en los que no había nada más que decir, hasta que Mara se volvió hacia él y preguntó:– ¿Por qué te llamó Fernando?

–¿Fernando? ¿Me llamó Fernando?

–Si. Te llamó Fernando.

–Yo que se. La gente dice cosas raras cuando se muere – Mara quedó en silencio. Fernando es un nombre. No es una cosa rara. Exon pensó en el estribillo de la canción de Abba.

Algo había alrededor quizá
de claridad, Fernando
que brillaba por nosotros dos
en protección, Fernando
No pensábamos jamás perder
ni echar atrás
Si tuviera que volverlo a hacer
lo haría ya, Fernando
Si tuviera que volverlo a hacer
lo haría ya, Fernando...

Pequeñas ratas verdes

Ese día salieron ratas de todas las cloacas. Parecían negras en la oscuridad, pero era verdes, verde olivo. Algunas llevaban banderitas cubanas y las agitaban al aire. Era como una comparsa que inundaba la calle devorando todo lo que encontraba en su camino. El coche del vecino de la firma desapareció, incluso una enorme chapa antigua de Texaco que tenía la casa de al lado; no se sabe muy bien si de adorno o de indicación de algo. Las ratas enloquecidas, vibrantes, enardecidas, en alocada marcha revolucionaria avanzaban lentas, silenciosas, exterminadoras. Exon no se atrevió a bajar. Estaba demasiado triste para eso. Contempló la fiesta desde la ventana de su habitación que antes fue un balcón. Mara dormía. Para ella la vida era otra cosa mucho más apacible.

«Al final "la abuela", en el último minuto, no se pudo aguantar» pensó Exon y aún siguió pensando que no podría perder. Por mucho que el mundo se confabulara lo haría de nuevo. No era culpable. Para arrepentirse primero hace falta sentirse culpable, ser culpable. Sin culpa no hay arrepentimiento.

"La abuela" no era abuela, era una viejecita que Fernando conoció cuando llegó a La Habana, se graduó y empezó a dar clases de pintura en una casa de cultura. Exon no era Exon, era Fernando, nacido en México, en el Distrito Federal, hijo de madre mexicana y padre fundador de la contrainteligencia cubana y comecandela desde la Sierra Maestra. Llegaron a Holguín cuando Fernando ni siquiera hablaba. Su padre quiso nacionalizarlo, pero su madre, en un ataque de previsión, le rogó que le dejara lo único que heredaría de ella: la nacionalidad. Así que Fernando tuvo un carnet de residente extranjero y un pasaporte mexicano que, como podía, la madre le mantenía en regla yéndose con él de visita a México DF cada cierto tiempo. En Holguín se crio. En Holguín dio sus primeros pasos con la pintura. En Holguín cumplió 15 años y en Holguín perdió la virginidad. Pero su madre, siempre previsora, decidió que no podía pasar el resto de su vida en Holguín y lo mandó a estudiar a La Habana en la Academia Nacional de Bellas Artes San Alejandro. La academia donde estudiaron, entre otros, Eduardo Félix Abela Villarreal, Fidelio Ponce de León, Jorge Arche, Raúl Martínez González, Rita Longa, Roberto Fabelo, Tomás Sánchez y Víctor Manuel. La academia donde hubiera podido estudiar, aún cuando no tuviera ni la más mínima dote.

Pero Fernando nació con ese don de convertir en fantasía todo cuanto tocara con sus manos; no en arte, tal cual, según los cánones. Todos los maestros que tuvo, sin excepción, concordaron que tenía una mano especial y un cerebro "normal". Pintaba bien, pero era incapaz de decir nada "nuevo" y, ya se sabe, en el arte puede más lo extraño, que lo familiar. Como retratista hubiera sido una cámara fotográfica ambulante, pero para eso ya estaban las cámaras.

La habilidad de Exon era la copia. La mayoría de la gente subestima la excepcionalidad de un cerebro diseñado para copiar y sobrestima la capacidad de un cerebro diseñado para crear. Así, recreación y creación, reproducción y producción quedan distanciados a millones de kilómetros, a años luz. En su clase Exon, entonces Fernando, estuvo solo, en otro planeta distinto del resto de su clase, del lado de la imitación. Nadie podía copiar como él. Nadie tenía su memoria fotográfica. Nadie tenía esa facultad. Nadie era tan rápido. Nadie era capaz de reproducir con total soltura y naturalidad cualquier gesto pictórico, ajeno a cualquier técnica. En el expediente anónimo de Exon, el de uso estricto entre los profesores, estaba escrito: Es como Miguel Ángel con el cerebro vacío. Exon era un pintor, no un artista. En esa época, en San Alejandro no creo que tuvieran ni la más remota idea de la existencia de Elaine Sturtevant, Sherry Levine o Mike Bidlo. Muchos querían ser posmodernos, a otros no les quedaba más remedio, pero pocos sabían, a ciencia cierta, de qué iba el tema.

Fernando aprobó porque era imposible suspender a alguien que hizo una exposición con una obra de todos y cada uno de sus profesores y ninguno de ellos supo reconocer si de verdad era suya o no. Los poderes de Exon eran otros diferentes de los que apreciaba la academia. Sin embargo a él le importaba un pito lo que hicieran los demás y los demás se morían de envidia ante su perfección, velocidad y versatilidad.

Cuando muchos de aquella generación se morían del asco con sus obras, poco antes de que llegara el Rey del Chocolate[1] alemán a La Habana, Exon hizo mucho dinero haciendo retratos hiperrealistas y, dicho sea de paso, para la santería. Era imposible distinguir una inundación de Tomas Sánchez de una de Exon. Tratándose de técnica, cualquier academia se lo disputaba, pero él prefirió dar mini-cursos de pintura al

---

[1] Peter Ludwig.

caballete para jubilados; gente que pinta para la anterioridad, para amortizar el tiempo que le queda, para resarcir el tiempo perdido en lo que de verdad hubiera querido hacer y nunca hizo. Así conoció a "la abuela" y "la abuela" le cogió tal admiración y cariño, que le ofreció la planta de arriba de su casa entera para que pintara y viviera a cambio de nada.

Fernando solo puso una condición: a partir de entonces, debía llamarle Exon. Fernando era mexicano. Exon era cubano. Fernando debía morir y Exon debía nacer. "La abuela" aceptó y Exon se mudó con ella y acogió su nueva familia monoparental de segunda generación como si de copiar un Raúl Martínez se tratara, con total naturalidad. Ninguno de los dos volvió por la "academia". La abuela contó al vecindario, que no paraba de preguntar, que su nieto Exon, del que nadie tuvo conocimiento nunca, había vuelto de Oriente para vivir con ella. Algunos pensaron que era bueno (ya no estaría sola) y otros que era malo (ya no tendría casa).

Exon arregló el inmueble entero, le compró todo tipo de efectos eléctricos pero, sobre todo, se ocupó de que no le faltase comida, ni compañía, ni pasara penurias. "La abuela", no se sabe muy bien si en gratitud o si en un arranque de generosidad infinita sabiendo que Exon, por pura probabilidad, estaría más tiempo en la tierra que ella, le donó la casa. Sin que lo supiera o fuera consciente de ello hizo todos los papeles y un día le pidió que le acompañara para sellar el trámite. Firmó Fernando; aunque ya entonces Exon tenía carnet de identidad cubano. Fernando no supo muy bien qué debía hacer en ese tipo de situación que se da una vez cada 1500 años, así que se limitó a no hacer nada. –Gracias abuela. No hacía falta, pero se lo agradezco –fue todo lo que dijo y todo siguió como hasta entonces. La abuela cumplió su juramento a rajatabla y jamás le llamó Fernando hasta que se reventó la cabeza contra el suelo y no pudo evitarlo. Justo el día que salieron las ratas de fiesta mientras que Exon lloraba por dentro la ausencia de la única "abuela" que tuvo de verdad.

El ser transparente que decía siempre la verdad

La facultad principal del talento de Exon, calificado como ausencia de talento por sus ex profesores, era la transparencia de su personalidad. Exon era capaz de pintar sin cerebro, sin dejar alguna impronta, sin manchar la personalidad del artista copiado (al que él consideraba, con esa filosofía demasiado oriental, "honrado"). Lo que le faltaba no era cerebro sino ego. No necesitaba hacerse notar. La discreción era natural en él. Exon era invisible a todas luces. Incluso estando solo, parecía que no había nadie. Podía saber de todo, recitar con profusión y exactitud folios enteros de la *Crítica de la razón pura* de Immanuel Kant sin parecer un pedante, porque hacía sentir al que lo escuchaba que ya lo sabía. Era más como un recordatorio que una enseñanza. Cuando Wolf llegó con aquel pequeño Lam lo primero que buscó Exon fue algún rastro de su transparencia. ¿Era suyo? Enseguida descubrió que no. Solo él había podido leer hasta el momento sus sellos de agua. Había pintado muchos Lam, muchos Portocarrero, muchos Servando Cabrera Moreno, muchos Mariano, muchos Amelia Peláez y a otros muchos artistas célebres formados, al igual que él, en la Academia Nacional de Bellas Artes San Alejandro. Al principio lo hacía para aprender, después por el simple placer de sentirse capaz (da gusto hacer indiscernibles de los "grandes maestros"), por último para burlarse y aprovecharse de los demás.

Exon tenía su propia obra. Era un hiperrealista en un mundo posmoderno; alguien que conocía el oficio como nadie cuando todos parecían haber estudiado para renegarlo. Alguien que pintaba bien sin esmerarse cuando todos se esmeraban en pintar mal. Pero su modelo no era la realidad, sino las obras de arte. Sus lienzos fotorrealistas se acumulaban en su pasaje secreto junto a lienzos de otros de todo tipo de estilos. Todo original. Exon se podía jactar, si quisiera, de ser una de las pocas personas en todo el primer territorio libre de América que acumulaba la mayor cantidad de obras valiosas del arte cubano de todas las épocas. Solo porque otros se enriquecieron por eso y, de paso, lo enriquecieron a él o por la falta de profesionalidad de los guardianes del mundo del arte o quizá por su arrogancia.

Mara pasó varios días con la bemba revirá y las piernas cerradas. Exon aún conservaba ese deseo en suspensión que truncó "la abuela", pero Mara no estaba dispuesta a ceder tan fácil. Intuía que Fernando escondía algo. No que la engañaba; eso era demasiado, pero sí hubo algo que "la abuela" se llevó para siempre: Fernando. Le dio muchas vueltas. Se lo contó a sus amigas enfermeras. Se lo contó a sus primas. Se lo contó a la almohada. Al final terminó confundida sin saber muy bien si lo que oyó en realidad fue Fernando. La verdad es así. Nunca se sabe donde empieza y donde termina. Todo depende del punto de vista desde donde se mire.

Un día Exon le regaló un retrato suyo pequeño pintado al gouache, un Exon, con una expresión tan ingenua que hasta ella misma se conmovió y, en definitiva, le perdonó. Más bien decidió que era más práctico olvidarse del tema. En definitiva, ella no era rencorosa y él era transparente. El ser transparente que decía siempre la verdad.

De los 80 a los 90

–¿Es verdad eso, que se cayó el muro de Berlín? –preguntó Mara al llegar del Hospital.

–Sip.

–¿Y qué te parece? ¿Eso es malo o es bueno?

–Depende de cómo lo mires. Para Reagan significa el triunfo de la guerra fría. Para Krenz, el fin del socialismo.

–¿Y a mi qué más me da? ¿Para nosotros qué?

–¿Para nosotros? Nada –dijo haciendo una pausa larga entre el cierre de la interrogación y Nada.

–¿Nada?

–Si. No creo que pase nada. Imagínate que se seque el estrecho de Florida y hagan una 8 vías de La Habana a Miami y cualquiera pueda viajar de un lado a otro. Imagínate que se levante "nuestro dique". Si, ya se que es mucho imaginar –insistió ante el asombro de Mara–. ¿Eso sería malo o sería bueno para los alemanes?

–Lo que es bueno para unos termina siendo bueno para otros ¿no?

–Eso es más lo que deseas, que lo que puede ser. Lo que afecta a unos termina afectando a otros pero a saber cómo, es la teoría del caos.

–¿Qué es eso de la teoría del caos?

–Hay un viejo proverbio chino que dice «el aleteo de las alas de una mariposa se puede sentir al otro lado del mundo». Pues bien, eso fue lo que descubrió mucho después Lorenz, un matemático que se dedicaba a investigar la meteorología; lo explicó y lo desarrolló mediante fórmulas complejas solo aptas para sus colegas y lo llamó, quizá en honor a los chinos, el "efecto mariposa". Imagínate que la caída del muro es como el aleteo de una mariposa; pues, según Lorenz, podría provocar un tsunami político o quizá que mañana no tengamos papel para limpiarnos el culo.

Mara quedó un poco perpleja. Todo o nada. Imaginó una hilera de fichas de domino cayendo una detrás de otra, desordenándolo todo y luego solo la caída torpe de las once primeras fichas y la doce parándolo todo. Todo dependía de cómo empujar la primera. Y eso ella no lo sabía. Nadie sabía quién y cómo habían empujado la primera ficha. Era 1989. «Puede pasar mucho o poco –pensó Mara–. Puede pasar todo o nada… pero algo pasará. Necesito que pase algo. El problema es ¿cuándo?».

Quizá, cuando Mara pensaba «necesito que pase algo», lo que en realidad quería pensar es «necesito que sigan pasando cosas», porque lo que sea que se derrumbó en noviembre de 1989 parecía que venía cayéndose desde mucho tiempo antes. Parecía un efecto más que una causa. Dos años antes, Mijaíl Gorbachov y sus ministros de economía empezaron "la reestructuración". Por una parte, las reformas necesarias del sistema económico, lo que se conoció como Perestroika. Por otra parte, las reformas necesarias para liberalizar el sistema político, lo que se conoció como Glasnost. La reestructuración prometía el fin del comunismo o al menos de lo que se creía que era el comunismo.

La caída del "Muro de Protección Antifascista" (Antifaschistischer Schutzwall, según la socialista República Democrática Alemana – RDA, Deutsche Demokratische Republik – DDR), podría ser la última campanada de la galopante reestructuración. Pero el gobierno revolucionario de Fidel Castro se había preparado a conciencia para proteger a su población de cualquier elemento fascista que conspirase para malograr "la voluntad popular"; con independencia de donde viniera: de amigos o de enemigos. El palo ideológico se resolvió con la misma medicina: a palos. Desapareció cualquier vestigio de prensa rusa. Cuando por fin llegaba el fin del cuento, se acabó la fiesta. Dejaron de venderlas. La desaparecieron como si nunca hubiera aparecido. La censura inundó el aire como un hongo tóxico. Fue tal el despliegue que la gente terminó autocensurándose. Como si fuese mejor censurarse uno mismo antes de que lo hiciese otro. Pero el peor golpe ruso para Cuba no fue ni siquiera ideológico sino económico. Con la Perestroika se acabó la fiesta del hijo bobo, la subvención y, como algunos esperaban y otros no, se paralizó el país.

La isla se moría entre los apagones y la escasez como el enfermo que pierde la sonda artificial que le mantiene vivo. Cuba ya no volvería a ser nunca más un ser vivo. En 1989 era un zombi atormentado dando tumbos entre reclamos de sacrificio, aplausos y discursos interminables de cacofonía infinita. Después del gran golpe ruso, la cuba soviética se vino abajo sin mariposa que valga. La dependencia de la frágil economía cubana de la monumental economía rusa no permitía la más mínima probabilidad de un futuro diferente.

En septiembre, apenas un mes y pico antes, el arte cubano del "hombre nuevo" había llegado a su fin. "La plástica joven se dedica al béisbol". Para que quedara constancia, jugaron su último partido en el Círculo Social Obrero José Antonio

Echeverría. El arte se dedica al béisbol porque ya no le permitían hacer otra cosa. Exon se enteró por Vizcaíno pero, según se cuenta, fue en casa de Abdel Hernández donde Hubert Moreno propuso la idea; dicho sea de paso, difícil de censurar y magnífica como concepto; después de múltiples censuras y cierre de exposiciones. El juego no tuvo ganadores. Fue la última exposición, el último *performance*. La historia del arte la escribían esta vez los perdedores; a continuación, comenzó el despliegue.

Dos años después, cuando Gorbachov fue recibido de mala gana en La Habana, Fidel dijo en público lo que pensaba en el momento en que Mara quería que pasara algo más.

¿No parece verdaderamente absurdo pretender –como hacen algunas personas en el extranjero– que nosotros le apliquemos a un país de 10 millones de habitantes las fórmulas que hay que aplicar en un país de 285 millones de habitantes, o que a un país de 110 000 kilómetros cuadrados le apliquemos las fórmulas para la construcción del socialismo que tiene que aplicar un país de 22 millones de kilómetros cuadrados? Cualquiera comprende que es un absurdo, cualquiera comprende que es una locura". Mucha gente en Cuba se preguntó entonces a qué absurdo se refería después de tanto absurdo, a qué locura se refería después de tanta locura. No hubo respuesta.

Pero, también para el arte, la caída del Muro había ocurrido antes: en el Castillo de la Fuerza. A mediados de año, Eduardo Ponjuán y René Francisco Rodríguez presentaron su *Artista melodramático*. La exposición abrió, cerró a los pocos días, y reabrió con algunas piezas de menos. Poco después Marcia Leiseca, presidenta del Consejo Nacional de las Artes Plásticas, fue destituida. La imagen de Fidel, en el primer país socialista libre de América, no se podía usar sino para alabarle, pero sin pasarse, sin que pareciera culto a la personalidad.

En el *Artista melodramático*, los planes de Ponjuán y René Francisco eran, con toda seguridad, otros. La imagen de Fidel resultaba "problemática" en sus representaciones: en el espejo ante el que un forzudo muestra sus bíceps (Reproducción prohibida), en el faro que guía e ilumina (Las ideas llegan más lejos que la luz), en una ventana de la fortaleza (La real fuerza del castillo) y eso era inadmisible; era contrarrevolucionario porque la Revolución era... Fidel.

Pocos días antes de la caída del Muro de Berlín se inauguró la III Bienal de La Habana donde Tonel (Antonio Eligio Fernández) exhibió su particular versión artística del bloqueo: un mapa de Cuba hecho con bloques de cemento. No eran bloques de cemento rodeando Cuba sino una Cuba de bloques de cemento hundiéndose por su propio peso, a la deriva, en medio de la nada. La crítica fue considerada como un chiste (lo menos malo para las instituciones) y Tonel, junto con otros de los artistas "graciositos" como Glexis Novoa, Ciro Quintana, Carlos Rodríguez Cárdenas y Lázaro Saavedra, fueron aislados en un gueto; en particular, según escribió después el crítico Gerardo Mosquera, en una exposición que llamaron *La tradición del humor*, junto con algunos caricaturistas y payasos oficiales. Al terminar, el propio Mosquera, uno de los fundadores de la Bienal, dimitió. No se si al final alguien entendió el chiste, pero el humor nunca fue el punto fuerte del gobierno y la cosa no estaba para bromas.

Exon sabía que no pasaría nada porque lo sustancial que tenía que pasar ya había pasado y todos los agujeros que habían abierto los artistas habían sido cerrados con diligencia y eficiencia por la política oficial. El arte, que se atrevió a condenar las malas prácticas de la Revolución, su inmovilismo, su inoperancia, su estancamiento, su ceguera, su incapacidad o discapacidad, fue considerado "fuera" de la Revolución, un enemigo, y por lo tanto, censurado. "Fuera de la Revolución:

nada". Esa fueron las "Palabras a los Intelectuales" de Fidel en pleno verano del 1961; el dogma de lo que no tiene que ser un artista e intelectual revolucionario. Toda voz disonante fue silenciada, apartada, mutilada. Todo intento de cambio fue secuestrado (más bien detenido). Todo lo que olió a reforma (ideológica, estética, social, política, económica) no tuvo ningún derecho y fue reprimido. Lo que sea que pasó antes del Muro quedó como siempre dividido en dos destrozos a ambos lados del muro invisible que dividió desde el 59 a amigos y enemigos, a los de fuera y a los de adentro, a los que "están con él" y a los que "están contra él", a los unos y a los otros, a los de un lado y a los de enfrente. Los "hijos de la utopía" fueron devorados por su padre. Ahora solo faltaba esperar las consecuencias y ver cómo sacarle partido. En definitiva, Exon solo esperaba estar en el lugar adecuado, en el momento adecuado, por muy equivocado que parecía estar todo; momento y lugar incluido.

Pecar es falsear algo en el Orden Divino, y eso fue lo que hizo Lucifer. Su nombre significa portador de la Luz, pero él no se avino a traer al hombre la luz de Nuestro Señor, quiso suplantarle el poder de Nuestro Señor y traer al hombre su propia luz.

Fragmento de *Los reconocimientos*, William Gaddis.

El hombre no es viejo ni nuevo, sino hombre

El hombre que parecía nuevo, más bien que algunos diseñaron para que fuera "nuevo", resulta que no era nuevo, ni viejo, sino hombre, a secas. Las ratas enloquecidas, que inundaban con cierta periodicidad las calles agitando banderitas blancas, azules y rojas, y devorando todo lo que encontraban a su paso, parece que olfatearon que el barco se hundía y empezaron a buscar cómo salir a flote. En una isla es difícil escapar; así que mucha gente probó a meterse en embajadas de países que no eran el suyo, pero que estaban ahí, al alcance de la mano. La crisis de las embajadas exigió mucho "trabajo ideológico" y justificó una sobredosis en la aplicación de la "ley de peligrosidad". Siempre un paso por delante, el estado se esmeró en evitarle el disgusto a cualquier delincuente potencial de convertirse, sin mucho conocimiento de causa, en disidente.

Ser disidente, en 1990, era mucho más grave que ser delincuente. Ser delincuente empezaba a ser habitual. ¿Cómo vas a comer si no hay comida? Una cosa era confiar en "el proyecto" y otra morir de inanición. Una cosa era ser revolucionario y otra comemierda; y esto lo sabía el gobierno y lo toleraba dentro de ciertos márgenes. El gran hermano para eso no escatimaba. No era cuestión de falta de conocimiento sino más bien de expediente. El hombre, ni viejo, ni nuevo, podía robar, malversar, delinquir, pero no disentir. Cualquier alarde de disidencia accionaba automáticamente el muelle que iluminaba sus actos delictivos y era debidamente guardado y aconsejado. La línea roja estaba clara.

Las ratas cruzaron la frontera (saltaron la verja de la embajada correspondiente) de México, Italia, Checoslovaquia y España. En poco tiempo se creó una especie de psicosis porque a la gente le diera por practicar el salto alto o con garrocha. Pero, como siempre, la cosa no pasó de ser una anécdota.

En medio de ese trajín, mientras Mara seguía practicando y Exon, parecía, pintando, Wolf volvió a tocar el timbre de la apacible casa del Vedado de dos plantas, pero que ahora solo sonaba en la de arriba. Wolf no pasó por alto el detalle y Exon lo recibió en una planta baja desierta y fría.

–Bróder, necesito que me hagas un favor –dijo descargando del hombro algo que parecía un instrumento musical momificado en una tela negra–. Necesito que aquí –dijo señalando donde una lija tosca había borrado lo que se suponía fue algún día la marca del bajo–, por aquí más o menos, pintes esto… –dijo sacando un recorte de revista Rolling Stone del bolsillo de la camisa–, necesito que pintes esta marca.

Se trataba de Fender. Debajo del clavijero una tipografía cursiva ponía Fender en grande, Made in USA en pequeño y al lado JAZZ BASS. Exon se quedó mirando a Wolf a la cara sin decir nada.

–Bróder, este bajo está en candela. Necesito que me hagas ese favor –iba a seguir explicando pero Exon lo interrumpió.

–Déjamelo un par de semanas por lo menos. ¿Quieres una cervatana fría? Me queda una.

Wolf asintió y no se habló más del asunto. Cuando Wolf volvió, dos semanas más tarde, con un socio guitarrista que presentó como Bebé (a pesar de tener barba rala), se encontró con un flamante bajo Fender Jazz Bass que había olvidado por completo lo que fuera que hubiera sido antes.

–¡Eres un pingú! ¡Pe'azo de mostro! Muchas gracias bróder. No sabes cuánto te lo agradezco. No lo sabes bien –se sentaron en el suelo y se bebieron otro par de cervezas hablando de esto y de lo otro, de lo raro que estaba todo, mientras Bebé tocaba el bajo sin amplificar, ni molestar. Antes de irse Exon, sin saber muy bien cómo decírselo, arrastró a Wolf aparte con discreción y empezó a balbucear…

–Bróder, si no es mucha indiscreción, si te parece que sí lo es me mandas pa' la pinga y aquí no pasó nada –Wolf lo miraba perplejo, con una mirada que parecía preguntarle ¿qué?–, si no es mucha indiscreción… ¿a quién le vendiste aquel Lam?

–A un diplomático –respondió Wolf y así quedó zanjada cualquier deuda que quedase entre los dos. Después se abrazaron y Wolf se fue por donde vino con su nuevo Fender Jazz Bass y con Bebé, que era guitarrista.

Si el *connoisseur* romano podía distinguir por el olor entre cinco clases de pátina sobre bronce, las sensibilidades francesas se volvieron pronto igualmente cultivadas. Si para agradar al *connoisseur* romano se falsificaban zafiros con obsidianas, y sardónicas con jaspes baratos coloreados, los talentos franceses eran igualmente versátiles: «*Un client désire des Corots? L'article manque sur le marché? Fabriquonsen...*». (Y un día, de los dos mil quinientos cuadros de Corot se encontrarían siete mil ochocientos en América). Ya entonces conocían el valor del arte. O de conocer el valor del arte. Como dijo Coulanges a Madame de Sévigné, «la pintura es oro en barras».

Fragmento de *Los reconocimientos*, William Gaddis.

Más de 1000 o menos de 28

En medio de la crisis de las embajadas, Exon tuvo que viajar a México para renovar su pasaporte y arreglar algunas cosas familiares con su madre. Llevaba mucho tiempo sin ir, mucho más del que conocía a Mara.

–Tengo que viajar a México –le comunicó a Mara mientras comían con la misma inflexión que si dijera: Tengo que comprar el pan–, ¿qué quieres que te traiga?

–¿A México? ¿Qué coño se te perdió a ti en México?

–Me han invitado –con eso hubiera sido suficiente para no mentir, pero Mara estaba demasiado intrigada y la curiosidad puede más que la culpa–, a una exposición, en Ninart, la Galería de Nina Menocal.

Mara sabía, porque se lo había comentado Exon, que Tomás Sánchez y Arturo Cuenca estaban a punto de exponer con ella; así que le pareció creíble y elogiable.

–¿Y qué vas a exponer?

–Es una colectiva. Solo puedo exponer un par de cosas, así que las pintaré allí –Mara lo miró con dudas; con esas dudas de «¿te quieres deshacer de mi por un tiempo?» pero Exon se adelantó–, ya sabes, para evitar todo el lío de mover las pinchas, la aduana, bla, bla, bla –dijo moviendo la cabeza y las manos en el aire.

Mara ya conocía esos líos. En una ocasión los de la Aduana desenrollaron uno de sus lienzos para revisarlo sin su consentimiento (en realidad actuaban con total impunidad) y luego lo enrollaron al revés. Era de sus primeras cosas "importantes". Lo echaron a perder. Tuvo que volver a pintarlo de un día para otro. Así que se lo tragó.

–¿Cuánto tiempo vas?

–Tres o cuatro semanas –también sabía lo que significaba un intervalo como ese para Exon. Tres o cuatro semanas quería decir que no tenía ni idea de cuando volvería pero que, con infalible seguridad, sería después de un mes.

–Pues no se –respondió a la aparente olvidada cuestión «¿qué quieres que te traiga?». Solo que ahora tenía otra connotación: «no se, pero teniendo en cuenta el tiempo que me dejas sola, más te vale que sea algo importante»–. Oye ¡¿no te quedarás, no?!

–¿Tú qué crees? Que puedo dejar aquí a lo más lindo que ojos humanos han visto, sola y desconsolada.

Mara sabía que no se quedaría. No lo había hecho y no lo haría. Si el resto de cubanos tuviera su mismo derecho, de entrar y salir cuando quisieran, seguro que tampoco lo harían. No habría necesidad de quedarse. A Exon parecía que todo le resbalara pero, en realidad, veía cada amanecer como una oportunidad aunque lloviera piedras o cerdos. Exon le había contado que había expuesto por ahí, alguna vez, en algún país del CAME. Así, sin más. Pero sus amigos artistas no eran como sus profesores y le trataban siempre con mucho respeto y admiración. Exon era de confiar.

Lo que Mara no sabía era que Exon no era tan huérfano como parecía, tampoco que no salía a exponer y mucho menos por el frío campo socialista de lenguas eslavas. Exon viajaba la mayoría de las veces con su madre y a veces también con su padre, por México, Costa Rica, Panamá.

Incluso, lo hizo una vez a Nicaragua, casi obligado por su padre. Mucho menos sabía que Exon era una ficción, aunque tuviera carnet de identidad, y que el que viajaba en realidad era un mexicano llamado Fernando al que no le hacía falta saltar a una embajada, ni demasiado dinero para sobrevivir a pesar de que, todo hay que decirlo, nunca pidió nada a sus padres y era del todo autosuficiente. Exon era el típico niño de papá que no ejercía de niño de papá, el típico privilegiado que abdicaba de sus privilegios y, de hecho, no quería que se supiera, ni quería serlo, ni quería tenerlos. Exon era una ficción en la que la abuela, sin querer, invirtió. Para Exon era el momento de quedarse, no de irse. Vender un cuadro, por muy barato que fuera, a la persona adecuada, era un inapreciable prebenda. Téngase en cuenta lo que pueden ser 1000 dólares en comparación con los 28 dólares, siendo generoso, que puede ganar (al cambio) un profesor de universidad. Ahora es cuando todo le sería favorable. A río revuelto…

Por otra parte, el único que sabía de su identidad cubana era su padre. Sus padres apenas hablaban con él. En teoría no tenían ni idea de dónde vivía, ni con quién, pero Exon daba por hecho que su padre estaba de sobra informado de todos sus movimientos, dada la naturaleza de su currículum y la enorme red de influencia que debía tener por toda la isla. Su madre estaba convencida que su hijo era homosexual aunque su padre sabía a la perfección que no.

–Te voy a traer una máscara de la muerte… de la mismísima Frida Kahlo –dijo, y a Mara le atravesó un espíritu, un viento, un algo, que la hizo estremecerse.

–¡Solabaya! Ni se te ocurra.

Pornografía de la muerte

Habían pasado varios meses ya desde el extraño final de "la abuela". La planta de abajo permanecía vacía. Exon y Mara regalaron muchas de las cosas no robadas de "la abuela" y, las que todavía podían ser útiles, los pocos recuerdos que dejó y que quedaron, los subieron; más que nada, para mantenerlos a salvo. Es increíble como una vida tan dilatada tenía tan poco lastre material. El pasado de "la abuela" era menos pesado que una pluma desplumada: pocas fotos sepias con seres desconocidos, con toda seguridad fallecidos (la mayoría ancianos o gente más mayor que ella), algunas cartas borradas por el tiempo, varios frascos de perfume vacíos y poco más. Había una foto, sin embargo, que ponía los pelos de punta a cualquiera. Era una foto de una mujer con dos bebés, uno a cada lado. La mujer y uno de los bebés estaban muertos. La bebé viva recordaba algo a "la abuela". Exon la pintó en un óleo grande a color, con una paleta psicodélica, y la colgó en la pared de manera tal que cubría la mayor parte del salón a la entrada de la casa, justo frente al "espejo". Un espejo enorme que replicaba sin rechistar todo lo que le ponían delante. Allí nadie aguantaba más de tres minutos de pie. Era un espanta-vecinos; también un espanta-Mara. Nada más entrar con su llave, Mara cerraba los ojos y subía corriendo por las escaleras.

La gente piensa que la muerte está siempre delante de ti, esperándote, pero se equivoca. La muerte es traicionera; siempre va detrás de ti, atrapándote. La vida es quizá esta persecución hasta que, por un descuido o por cansancio, la muerte te alcanza. Exon no lo veía así. Para él, quizá estaba en sus genes, eran como las dos caras de una misma moneda. Podías estar vivo o muerto; aunque es cierto que para estar muerto, es imprescindible estar vivo.

Las "cosas" se movían, con lentitud, pero se movían; de dentro hacia fuera. Casi todos los artistas que pretendieron cambiar las cosas desde dentro, que creyeron en Foucault (saber es poder), cerraron la puerta y tiraron la llave a la primera alcantarilla que encontraron. Todo seguía reventando como una explosión en cadena. Entre 1988 y 1989, explotó *A tarro partido II*, de Tomás Esson, en la Galería 23 y 12; *Nueve alquimistas y un ciego*, de Arte Calle, en Galería L; *Artista de calidad*, de Carlos Rodríguez Cárdenas, en Galería Habana; las acciones plásticas del grupo AR-DE (arte-derecho) en el parque de 23 y G; y explotaron *Artista melodramático* y *Homenaje a Hans Haacke*, en el Proyecto Castillo de la Fuerza.

Parecía que la muerte pisara los talones a la Isla. Los apagones diarios aumentaron a 16 horas, las calles estaban vacías, las fábricas paralizadas, la prostitución (de la que la Revolución se jactaba haber erradicado) volvía a las esquinas en forma de jineteras (Fidel Castro se jactaba de que eran las prostitutas más cultas del mundo) y jineteros, la resurrección del bistec de carne en bistec de cáscara de toronjas, el picadillo de soya (cuyo nombre oficial era "picadillo extendido"), el bistec de frazada y el cerelac en sustitución de la leche, superaba cualquier desproporción bíblica. Nitza Villapol, la cocinera oficial del régimen, tuvo que inventar un tercer ciclo de recetas (el primero fue anterior a la Revolución y el segundo una adecuación a los nuevos tiempos de Revolución) para dar de comer a los nuevos zombis. Era el "período especial en tiempo de paz", el período más especial de los que ya se conocían y recordaban.

En agosto de 1990, cuando ya no quedaba nada de nada, por ninguna parte, la prensa del gobierno publicó una nota anunciando severas restricciones en el consumo de combustible y otros productos esenciales y la paralización de las inversiones. El país por fin se paraba; al menos se reconocía de manera oficial que se paraba. Era como si la tierra dejase de dar vueltas o la muerte, a la que tanto aclamaba Fidel en sus consignas (Socialismo o Muerte, Patria o Muerte), estuviese llegando a su destino final: Muerte o Muerte. Lo único positivo "del cambio" era que, paradójicamente, el "periodo especial en tiempo de guerra", se adaptó al "período especial en tiempo de paz" y, esencialmente, el de la paz (apenas empezar) estaba siendo mucho peor que el de la guerra. El retrato del período especial era un retrato de la muerte. Era muerte o muerte. Un retrato parecido al que Exon pintó, dos muertas y una bebé condenada a morir sin madre, ni hermana.

Mara no imaginaba qué cerebro enfermo había deseado un retrato así. No sabía que aquel tipo de fotografía era solo una de las tantas maneras de inmortalizar la muerte. La preparación de los difuntos o del conjunto era parte de la puesta en escena para la inmortalidad, quizá en espera de un pintor que la imprimiese de una vez por todas en un lienzo, quizá para no olvidar. El óleo de Exon le pareció un gesto macabro y le pidió, por favor, que se lo llevara con él a México (daba igual si se lo doblaban al derecho o al revés). En México, sin embargo, gustó y mucho.

Exon no expuso con Nina, sino con Alba, pero eso no tendría ninguna cobertura en Cuba por lo que no sería falso. Encontró la galería por casualidad. Le llevó el lienzo en venta y no solo consiguió un posible buen comprador sino también un buen encargo. Alba vislumbró una operación mucho más lucrativa. Necesitaba más imágenes como esa.

Exon buscó y rebuscó y no fue capaz de encontrar nada en el país que quizá más partido y celebración sacaba a la muerte. Una galerista amiga de Alba (a la sazón otra galerista) le aconsejó al enterarse de su infructuosa investigación. –Tienes que buscar en España querido. En Galicia, busca en Galicia.

Pero Exon, en lugar de viajar a España, buscó por todo el DF anticuarios regentados por gachupines hasta encontrar lo que buscaba. En una pequeña tienda de trastos viejos había montones de fotografías *post mortem* metidas en una caja. Difuntos de pie, apoyados sobre un tablón inclinado. Niños sobre las piernas de su padre o de su madre. Bebés que parecían muñecas. Algunos inexpresivos, otros con una leve sonrisa en la cara, otros cubiertos de flores en su cama de canastilla, con diademas de flores, con canastas de flores, con la habitación empapelada de flores. Incluso familias enteras en las que era imposible saber quienes estaban vivos y quienes no. Un gemelo vivo al lado de su gemelo muerto. Un gemelo muerto al lado de su gemelo vivo. Había "suficiente". Eligió unas veinte fotos que compró por casi nada y se puso a trabajar. Llamó a la serie "pornografía de la muerte". Fue todo un éxito posmoderno. Su nombre incluso trascendió en la prensa. Vendió todo.

Mano sin rabo

En Cuba, sin embargo, la cosa fue bien distinta. El "discurso" de Exon no tenía fuerza. No había carga política, ni filosófica (al menos él no tuvo intención de dársela). No había juego. No. Eran solo unos retratos exóticos bien calcados de un pasado extravagante que para unos solo podían dar mala suerte y para otros grima. En definitiva, la mano siguió sin cabeza y sin rabo. Lo más preocupante era lo último.

Después que Exon colgó su cuadro en el salón de abajo, la "cabilla" empezó a quejarse, pero la calamidad había comenzado casi desde el momento en que "la abuela" los dejó solos. El "primer palo" después de aquello fue un desastre; ni siquiera le dio tiempo a Mara a venirse. La "pinga" se desinfló en "el momento", sin aviso previo. Como si un futbolista diera el patadón de su vida y en el último instante la pelota hiciera una curva y chocara sin fuerza contra el poste. Pudo parecer una venganza por aquella eyaculación suspendida con el estruendo que produjo la cabeza de "la abuela" al chocar contra el suelo pero, poco a poco, empezaron a percatarse de que algo no andaba bien. El rendimiento sexual prometía detenerse al mismo ritmo que lo hacía el país.

Apenas llegaron al DF, Exon y su madre fueron invitados a una comida con parientes lejanos más que bien posicionados; de esos que viven en vecindades con seguridad privada para que no les roben, secuestren o maten. A Exon aquellas propiedades siempre le parecieron una especie de jaula para pájaros o acuario para peces en medio de una gran jauría (una especie de red donde un conjunto de especies ricas se encarcelan a voluntad para protegerse del resto de las especies pobres); pero ni siquiera encerrados estaban del todo seguro. Una prima lejana apareció por allí con una rubia estudiante de arte ávida por conocerlo. Hablaron demasiado, bebieron demasiado, se gustaron demasiado y terminaron en su apartamento súper chic en otra vecindad con seguridad privada para que no les roben, secuestren o maten, "templando" demasiado. El rifle funcionó a la perfección, como debía. No quedó bala en la recámara.

Entre gestiones y gestiones de su madre el resto del tiempo, Exon deambuló durante el día por algunas galerías de arte con la amiga de su prima lejana y por la noche entre sus sábanas. Todo seguía bajo control. El óleo de los muertos no tuvo ningún problema en provocar interés: –Tengo un cliente que podría interesarle –fue lo que dijo Alba, la galerista–. Es necesario que deje la obra aquí unos días –le pidió con suma amabilidad, al tiempo que le dio su tarjeta con un teléfono. Exon desconfió, no sabía cómo funcionaban estas cosas y en Cuba no se podía confiar en nadie, pero su recién amiga le aconsejó que era lo natural en esos casos. A la semana llamó; estaba vendido. Le pagaron el equivalente a 3000 dólares. Con eso podía vivir en La Habana sin morirse de hambre, suponiendo que pudiese comprar comida, incluso años. La cosa no quedó ahí. La obra estaba vendida pero Alba, con ese ojo especial que tienen algunos expertos para ver dinero donde hay imágenes bellas o extravagantes (dejémoslo en plásticas), vio que podía aprovechar la ocasión y le propuso a Exon hacer una exposición temática personal. Ahí empezó su trajín con los muertos que acabó en su "pornografía de la muerte" y el equivalente a casi 25 000 dólares americanos. Con eso podía vivir el resto de su vida suponiendo que la muerte no lo alcanzara antes.

Exon hizo la serie en la casa de su amiga (la madre pensó que estaba hospedado por Nina). Entre fornicación y fornicación, pintó ocho lienzos más en menos de un par de semanas: unos retratos *post mortem* realistas de más o menos 2x2 metros. Como muestra de agradecimiento, obsequió a su amiga con un pequeño retrato gouache tamaño A4 y una despedida sexual que no podría olvidar el resto de su vida. No pudo ir a despedirle al aeropuerto (Exon lo prohibió estrictamente), pero juró que le amaba ahogada en llanto, que quería un hijo suyo y que no le olvidaría jamás. Exon salió del Aeropuerto Internacional de Ciudad de México, Benito Juárez, rumbo a La Habana como quien lleva el carro al mecánico y le dicen que todo funciona como un reloj.

Los chinos tienen dos conceptos diferentes para el concepto único del término *copia* occidental. El término *fangzhipin* se usa para la imitación; donde la copia es diferente al original. El término *fuzhipin* se usa para la reproducción; donde la copia es indiscernible del original. Para los occidentales ambas copias pertenecen a un estadio axiológico disminuido, degradado, incluso despreciado. Pero para los orientales el *fuzhipin* tiene el mismo valor que el original. La copia es original.

Los chinos también tienen un término para referirse a la falsificación (*fake*): *shanzhai*. Las falsificaciones, sin embargo, son entendidas como reinterpretaciones, no como reproducciones; no pretenden engañar a nadie.

El Arte está a pocos pasos del cementerio

Cuando Exon llegó a casa, Mara le recibió como siempre, con los brazos y las piernas abiertas y el motor, en apariencia a pleno rendimiento y recién salido de la revisión, rugió y volvió a fallar. Exon tuvo que recurrir a la lengua y mamar y mamar hasta que Mara se olvidó de la glándula averiada y se vino restregando su clítoris contra sus dientes, mientras le exigía a gritos que le retorciera los pezones y le hundiera el consolador negro, gordo y largo hasta el fondo. Exon no encontraba explicación a aquella disfunción eréctil pero tampoco podía justificarse explicándole que con la rubia mexicana había funcionado perfectamente; que se trataba de ella. Mara no estaba dispuesta a vencerse y se tragó aquella cosa flácida y succionó y chupó hasta que, en su último estertor, se estremeció una pizca y escupió un hilillo de semen que a Exon le pareció el desagüe de una represa completa a la de tres.

–¿Qué? ¿Anduviste templando mientras me extrañabas?

–¡¿Qué cojones templando mami?!

–Si es que has llegado vacío.

–Será de las pajas.

–¿Pajas?

–¿Qué podía hacer? –dijo como un bebé indefenso que busca consuelo y comprensión. Y mientras se justificaba sabía que estaba jodido y que aquello no era nada más que pan para hoy y hambre para mañana.

Exon le trajo un mono Adidas verde de rayas blancas y rojas que se puso a pesar del calor y ambos fingieron que no pasaba nada. Le dijo que había ganado algo de dinero. Mara lo felicitó y se alegró porque alguien hubiera pagado por un cuadro que ella le hubiera regalado con mucho gusto. Exon le dijo que quería hacer una pequeña fiesta en la "casa de abajo" (ahora ya no hablaban de "arriba" y "abajo" sino de la "casa de arriba" y de la "casa de abajo") y, como a ella le pareció bien, invitó a sus amigos del mundo del arte que todavía no se habían marchado en una especie de *remind* del *happening Ojo Pinta* que hizo en el 88 el grupo Arte Calle con la intervención de Abdel. Sin un solo cuadro en las paredes, y por primera vez en una casa privada, pero esta vez sin la oca cagando por todas partes y sin la muela de Abdel: «Si quieres hablar de arte, desátame». Solo era una fiesta al estilo de las grandes inauguraciones donde la gente iba más a beber, conversar y relacionarse, que a ver las obras y el mundo del arte, en realidad, estaba desatado.

El arte se había liberado y ninguna institución del país (ni ideológica, ni política, ni militar, ni cultural) sabía qué hacer en estos casos. A alguien se le olvidó ponerlo en el manual. Le reprimían, le censuraban, pero era como evitar una inundación tapando un agujero con un dedo, por muy "revolucionario" que se creyese. En el arte ya todo era posible. Era contestatario, agresivo, bocón. Era el producto de aquel experimento del hombre nuevo que no era ni viejo, ni nuevo, sino hombre. Solo eso. ¿Qué pretendían? ¿Que con una enseñanza revolucionaria fueran reaccionarios?

Los artistas, los que se fueron y los que quedaban aún, aunque ya no creían que aquel fuera el lugar adecuado en ese momento para hincar bandera, hacían arte con los mártires, con santería, con desechos, con muros, con cualquier cosa que supusiera aire fresco y muchos artistas, a esas alturas, confesaban su sexualidad sin tapujos, su sistema de creencias, incluso su ideología. Los artistas estaban "verdes" y su irreverencia irritó al Partido, al poner en evidencia su tolerancia, su discurso populista, sus valores democráticos, su capacidad. La Habana se convirtió en una especie de olla de presión a punto de reventar.

Lo curioso es que esos artistas, o la mayoría de ellos, solo querían cambiar las cosas desde dentro, desde el propio marxismo, desde el mismísimo socialismo. Ahora eran ellos los "rebeldes" y los de la Sierra Maestra eran solo ex rebeldes reconvertidos en ineptos reaccionarios burócratas y demagogos. Ante la difícil situación el Estado, que es lo mismo que el Partido, que es lo mismo que Fidel, tuvo una excelente ocurrencia: abrir el grifo. Se creó un mecanismo, la "carta de invitación", mediante el cual el artista podía viajar al extranjero.

Esto, para cualquiera que no sea cubano, puede parecerle algo rocambolesco pero sí, los cubanos no podían viajar a otros países, no porque esos otros países se lo impidieran, sino porque se lo impedía su propio país. El Sistema en el que se convirtió la Revolución después del accidente del 59 regulaba quién podía salir y quién no, con independencia de que el país receptor le otorgara o no visado. La justificación fue la guerra fría. Este sistema de doble visado funcionaba como una cárcel virtual que impedía ver, oler, oír, y mucho menos saborear o tocar, cualquier cosa que estuviera "fuera". Había que joderse "dentro" (ya saben: «Nuestro vino es amargo, pero es nuestro vino», Martí; «Con la revolución todo, contra la revolución nada», Fidel; «El bien más preciado es el de pertenecer al pueblo cubano», Che; etcétera.) y "afuera" la "gusanera".

Los "elegidos" decidieron desembarazarse de los rebeldes solo con abrir la pila, con autorizar que se fueran a "casa del carajo". La "carta blanca", la visa nacional, actuaba también como un mecanismo de regulación de la irreverencia. Así que entre la censura y la autocensura se arregló el asunto. Todo el que podía, salía, y al salir demostraba al mundo la tolerancia del Estado. Todo el que quería volver, debía cerrar su boquita como indicaba el manual no escrito. En definitiva, casi nadie es huérfano y mono-familiar. La incomodidad se compró sin gastar un centavo; es más, el incómodo que salía, que ahora vivía cómodo, regresaba a gastar su dinero en la Isla. El tigre se volvía cordero. ¡Qué máquina! Los rebeldes que quedaban ya estaban más ocupados en buscar una carta de invitación, que en seguir dándose cabezazos contra la pared (por no decir tocándole los genitales a la ex rebeldes).

Cuando Exon se había olvidado de sus "problemitas" íntimos compartiendo con sus "amigos" y "amigas" del mundo del arte, del cual él se sentía más como un espectador que como un protagonista, un artista muy conocido que trabajaba la santería le dijo.

—Asere, aquí pasó algo raro, algo muy fuerte, esto está en candela.

—¿Aquí? ¿Te refieres a… aquí, en La Habana? —preguntó Exon sorprendido.

—No consorte, me refiero a… aquí —dijo soplándole en la oreja el humo del tabaco—, entre estas cuatro paredes. Esto está osobbo.

Exon se puso nervioso y bebió un sorbo largo. Buscó a Mara con la vista y la vio encantada bailando con Luis Gómez *Luka*, una canción de Suzanne Vega.

—Aquí huele a muerto bróder. Esto necesita una limpieza urgente.

A las dos de la mañana el vecino de enfrente, que trabaja en una firma y tiene una planta generadora, dio el chivatazo y vino la policía. No tenían permiso para hacer ruido a esas horas. Tenían que suspender la fiesta. Todo el mundo se fue protestando, burlándose lo suficiente, dejando a los agentes en ridículo, pero sin pasarse; no fuera que tuvieran que hacerle compañía o pudieran perjudicar a Exon. En menos de un cuarto de hora todo quedó en absoluto silencio y en penumbra. Estaban cansados, pero lo habían pasado bien. Muy bien. Mara le tendió la mano para llevarlo arriba.

–¿Papi los de Arte Calle fueron los que pintaron eso de *El Arte está a pocos pasos del cementerio,* enfrente del cementerio?

–Si.

–Y eran esos que estaban aquí. ¿Aldito era ese que tenía un pantalón puesto como camisa?

–Si, vinieron muchos... Aldito, Ofill, Leal, Vizcaíno, Ariel… No recuerdo si había alguien más.

–Oye, eso está buenísimo.

–Claro. Así estamos todos: muertos en vida.

–No digas eso papi. Tú estás vivito y coleando –dijo tocándole la cola–. Ven, vamos pa' arriba, te voy a tomar las pulsaciones.

Subieron. Mara puso un jarro de agua a calentar. El cielo estaba despejado como un libro abierto. Podían leerse todas las estrellas y constelaciones. Llenó la bañera del patio, se desnudó y se metió en el agua plateada en cámara lenta.

–Ven –le pidió–, metete aquí conmigo –susurró–, tú verás que vamos a salir de esta –le prometió. Exon obedeció como un muñeco. Se hundió con ella en el agua y buceó por el fondo de un océano cálido y transparente. Unos peces enormes le besaron. Unas algas larguísimas danzaron. Unos corales muy rojos y tupidos le abrieron el camino. Exon flotó suspendido en una calma absoluta, en un silencio que quizá fuera el de la muerte, quizá lo más parecido a la muerte. Levitó, suspendido, en medio de la nada.

Después se fueron a la cama, desnudos, mojados, se besaron con suavidad y delicadeza en la boca y se sumergieron en un sueño profundo; como si el colchón fuera un océano cálido y transparente, donde unos peces enormes les besaban y una algas larguísimas bailaban y unos corales muy rojos servían de alfombra suave y tupida a un camino que se perdía en la infinidad. A las tres de la mañana, justo a las tres, sonó un acorde de piano. Un clúster de muchas notas disonantes. Se despertaron sobresaltados. El sonido provenía de abajo, aunque abajo no había piano.

1 kilogramo de sal gorda

Como la cosa siguiera así, Exon era el que estaba a dos pasos del cementerio. Mara insistió en traer un babalawo para que limpiara aquello. Exon insistió en que él no creía. Ella insistió en que daba lo mismo. Él insistió que no. Al final ella determinó. Si no cedía se iba. Él accedió. Llamó al artista místico cuyo nombre aquí es irrelevante (debo decir que no soy nada supersticioso); aquel que le había dado la alerta y él mismo se encargó de organizarle "la limpieza" con una santera. Quería que fuera una *performance* pero Exon le convenció que no era el momento y lugar adecuado. La mujer vino toda vestida de blanco. Miró cada milímetro de rincón. Olfateó de vez en cuando. Miró con duda hacia arriba.

–Chico, yo aquí veo más cosas… papeles… dinero… –Exon se acordó de la enorme cantidad de dinero que trajo y que, para que Mara no fuera capaz de tocarlo siquiera, por su propio bien, lo había metido en aquel recipiente con forma de lata donde estaban las cenizas de la abuela. Quizá había sido un error. Poner tanto dinero a una señora que nunca tuvo nada. Quizá la había arrebatado y andaba por ahí removiéndose en el polvo. La mujer pidió una serie de ingredientes:

1 kilogramo de sal gorda
tres cabezas de ajo
tres velas blancas
una foto de un ser de luz que aprecies
tijeras

y dejó una serie de instrucciones para que hicieran la limpieza cuando quisieran:

Verter la sal en un cubo con bastante agua. Remover hasta que quede una mezcla uniforme.

Colocar las tijeras abiertas en el fondo del cubo.

Poner la foto del ser de luz debajo del cubo.

Rodear el cubo con las velas blancas y los ajos, y dejarlo todo reposar sin tocarlo todo un día.

Al día siguiente encender las velas y rezar siete veces la oración al ser de luz que has escogido.

Después a modo de bautizo, mientras se dejan consumir totalmente las velas, coger el agua del cubo en un vaso e irla esparciendo en gotitas de agua por toda la casa, especialmente en la puerta de entrada y en él mismo (Exon) y los seres queridos (Mara), creando así una barrera infranqueable para el mal o la maldad. Si es posible debía utilizar toda el agua preparada para el bautismo y si era demasiado, no debía preocuparse sino deshacerse del agua sobrante tranquilamente.

Exon le pidió alguna oración adecuada para el ser de luz. La mujer lo miró impresionada e inquisidora por la ignorancia sacrílega de Exon. Le escribió una pequeña oración que fuera capaz de repetir sin equivocarse en apenas una hoja que arrancó de una libreta y se marchó después de cobrarle 20 fulas[2].

---

[2] Dólares estadounidenses.

Había que ser muy tonto o estar muy desesperado pero Exon no estaba para pensamientos complejos. Se trataba de su pinga y de su hembra y por último de aquella música que no sería capaz de soportar oírla. Tampoco era tanto sacrificio. Le dijo a Mara que él prepararía el ritual durante su ausencia. Lo primero que hizo cuando estuvo solo fue quitarle el dinero a "la abuela", eso seguro era lo que más estaba afectando, y lo escondió en otro lugar, en la galería de originales, después buscó los ingredientes (lo más difícil fue la sal gorda) y para la foto tomó una de la abuela, procurándose que todos los que posaban estuvieran vivos.

Cuando Mara llegó hicieron todo el ritual con absoluta tranquilidad. Vertieron la sal en un cubo con bastante agua. La revolvieron hasta que se hizo una mezcla uniforme, colocaron las tijeras abiertas en el fondo del cubo, pusieron la foto del ser de luz debajo del cubo, rodearon el cubo con las velas blancas y los ajos, y lo dejaron todo reposar sin tocarlo hasta el día siguiente. Ese día se fueron a dormir a casa de Abelito, el batería de Cartón Tabla.

El día siguiente era lunes. Mara no tenía clases, ni guardias, ni historias, así que regresaron, cerraron bien toda la casa, encendieron todas las velas y rezaron diez veces la oración al ser de luz que habían escogido: "la abuela". Después, a modo de bautizo, mientras se consumían las velas, se desnudaron y fueron cogiendo el agua del cubo en un vaso y la fueron esparciendo en gotitas de agua por toda la casa, prestando especial atención en la puerta de entrada, en él mismo y en Mara, creando así lo que suponía era una barrera infranqueable para el mal o la maldad. Como debían utilizar toda el agua preparada para el bautismo y no querían que fuera demasiado la esparcieron en gotitas de agua por toda la escalera, gran parte de la casa de arriba y hasta dio para regar algunas plantas. Al terminar, Mara se puso un trapo por encima y se sentaron en la terraza sin decir palabra. Habían hecho su parte. Ahora le tocaba a "lo que fuera que estuviera allí" hacer la suya: dejarlos en paz.

Dónde estás… hecho historia o hecho tierra

Al día siguiente, cuando Mara tomó su café y abrió la puerta, se encontró con Aldito durmiendo en el jardín. El alcohol y las pastillas no le dejaron llegar a la verja a pie de calle. Se acomodó para descansar un poco antes de superar el último tramo y allí quedó; hecho un ovillo en el césped. Mara se asustó y llamó a Exon.

–No te preocupes. Vete tranquila. Si estuvo en coma seguro que ya se le pasó –tenía las gafas húmedas de rocío y temblaba. Exon lo despertó. Le costó un rato enterarse de donde estaba y darle una explicación al hecho; pero fue solo como mirar a una ventana abierta después de estar a oscuras toda la noche. Puso la cara que pone un niño cuando su padre le despierta hasta que se entera que es su padre el que le despierta. –Ñoooo –dijo peinándose con la mano el largo flequillo de la frente –, ¡qué nota asere!

Exon lo ayudó a incorporarse y subieron arriba, lo sentó en su poltrona favorita y preparó café para los dos. Después de unos minutos la sangre volvió a fluir con normalidad por sus espabiladas neuronas. Encendió un cigarrillo y entró en un segundo nivel de consciencia.

—Oye, me gusta esto aquí arriba —dijo—. No me acordaba yo de esto.

En realidad había estado allí varias veces (la última tan solo dos días antes), casi todas en el mismo estado y repetía lo mismo de manera casi idéntica como en el día de la marmota. Lo único que cambiaba en sustancia era como crecía el improvisado muro de botellas de Vodka, algo a lo que Aldito (MAldito para los amigos) también había ayudado con creces, a pesar de que no era consciente.

Exon frió un par de huevos que tenía para el almuerzo, calentó un pan que parecía un zapato y lo comieron después del café.

—Asere… estás hecho un disidente —le comentó Exon para hablar de algo interesante.

—¿Disidente? —se preguntó Aldito en voz alta sin abrir los ojos—, disidente es lo que hace el 90% de la gente en este país que no da ni palo al agua. ¿Quién lo iba a decir?; que ser revolucionario iba a ser irse pa' la pinga de aquí.

—Yo no pude ir a 23 y L pero ¿es verdad eso de que los detuvieron?

—Yo tampoco fui. Al final… al final no fui; pero si, se montó una buena. Fue idea de Ariel. Trajo un cuadro grande con el Che de Korda. En el borde había pintado unos versos de Mirta Aguirre que decían «dónde estás caballero gallardo… hecho historia o hecho tierra». Imagínate. Era grande —se rió—, grandísimo. Lo puso en el suelo, a la entrada de la galería. Había que hacer contorsionismo pa' no pisarlo. Hay que ver, todo el mundo pisotea todos los días lo que se supone que es la imagen del Che y nadie se atreve a pisar un papel —se ríe de nuevo y enciende el último cigarro que le queda con las últimas briznas del otro. Lo pisaron bola de veces… hasta que un tipo que llevaba un arete, vestido con un uniforme de policía, vino a joderlo todo. Cuando lo pisoteó, se le echaron encima cuatro personajes que nadie sabía quién pinga eran, lo sacaron fuera de la galería y empezaron a interrogarle… ahí mismo ¿Usted quién es? Identifíquese. ¿Por qué ha hecho eso? De pinga… Ariel se puso a discutir con esos tipos y uno de ellos, con tremenda agresividad, le echó perra galleta. Dice Vizcaíno que Ariel se empingó y rompió no se qué coño del cuadro del Che, y otra gente se puso a bailar encima, el Chen con una lata de pintura azul se puso a gritar pinga… ya tú sabes. Todo el mundo pa'l tanque; incluido el tipo del uniforme de policía que dicen que estuvo preso una semana en Villa Marista. A ese sí que lo interrogaron de verdad. Le enseñaron fotos de Fernando García, de Vizcaíno, mía… Parece que pensaron que era de los nuestros –y se rió de nuevo imaginándose quizá el patetismo de todo–. En realidad –dijo tomándose su tiempo–, allí habían cosas más fuertes; mucho más fuertes. A Marthica...

–¿Qué Marthica?

–Martha Limia, la directora de Galería L, que nos había dejado exponer allí, a la que "quien tú sabes" la bautizó como "la comemierda esa", de pinga, la condenaron a seis meses de cambio de empleo y rebaja salarial. A ver quién es más compepinga… –dijo moviendo la cabeza en un gesto de «no entiendo nada»–. Gustavito y Quesada –dijo refiriéndose a Gustavo Acosta y Gonzalo de Quesada– la defendieron en el juicio, pero el veredicto ya tú sabes… estaba tomado antes de empezar el circo. Ballester, tú sabes, Juan Pablo, fue a declarar por Marthica; pero ellos mismos no le dejaron… por temor a represalias. Imagínate… le faltaban solo unos exámenes para graduarse. Esto está de pinga man.

Ese día era importante, era el día de después del exorcismo, y allí estaba MAldito que no se iba, dando muela. Al final, Exon le invitó a comer un pan con pasta en una cafetería de mala muerte que había a dos o tres cuadras de la casa (todavía a veces la vendían, aunque nadie sabía de qué cosa era aquella pasta y esa vez tuvieron suerte) y, a continuación, se excusó que tenía que ir a casa de un socio a recoger algo. Aldito siguió cuesta abajo y Exon regresó dando un largo y serpenteante rodeo. Pensó en su aventura mexicana y se felicitó de no estar metido en ninguno de esos embrollos. Justo al llegar a casa apareció Pascual, otro punto que le traía "encargos" de arte de vez en cuando.

–¿Qué bolá? –le saludó. El día no estaba empezando demasiado fluido.

–Ahí, pasa –le invitó Exon.

–Bróder, esta vez necesito algo especial, algo mexicano. Me comprometí con una jebita alemana en conseguirle este cuadro de Frida Kahlo –dijo enseñándole una lámina– y... me falló el plan entero –Exon lo miró con cara de interrogación: ¿¿y??–. Yo se que si tú lo pintas ella no se va a dar cuenta.

Exon le echó un vistazo de experto. Había visto muchos libros de Frida Kahlo, había visto incluso óleos de Kahlo. Éste le sonaba, pero no estaba seguro. Le pidió que se lo dejara para investigarlo. Buscó en el catálogo que trajo apenas unos días antes y allí estaba. ¡Qué suerte! Se trataba de *Niña con mascara de muerte (Ella juega sola)*, de 1938. Frida había pintado dos versiones del cuadro. ¡No tanta suerte!

La imagen de Pascual correspondía a la primera versión, donde se ve una niña pequeña (que se supone que es Frida cuando tenía unos cuatro años) con una mascara de calavera puesta, algo tradicional en el festival anual del "Día de los Muertos", en el que no se lamenta la muerte sino que se celebra. La niña sostiene una flor amarilla parecida a las flores tradicionales que los mexicanos depositan en las tumbas durante todo el festival. Está de pie, sola, en medio de una amplia llanura y bajo un cielo tormentoso. A sus pies hay una máscara de madera tallada con cara de tigre muy parecida a una que colgaba en el comedor de la casa de Frida. «Ninguna de las máscaras parece apropiada para esta niña; acentúan su inocencia pero también apuntan a la crueldad de su destino», dice el catálogo. Frida regaló esta pintura a la actriz Dolores del Río. Mas tarde pasó a una colección privada en Monterrey, California. Ahora es parte de la colección del Museo de Arte de Nagoya, Japón. Resumen: nada que hacer. De la segunda versión había una imagen pequeña, en blanco y negro; se trataba de un óleo sobre metal, no sobre tela; sin embargo, al pie, aguardaba una sorpresa: «se desconoce el paradero de esta versión». Resumen: reservado.

Exon guardó la lámina con la cabeza a mil y esperó con paciencia la llegada de Mara. Para ella también era como empezar de nuevo así que no tuvo prisa. Se desvistió despacio mientras Exon la miraba desde el patio. Después avanzó, se sentó en su silla de hierro y macramé enfrente de él. Subió las piernas y luego las abrió de par en par. A pesar de la espesa pendejera, Exon pudo ver aquella piel color mamey que tanto ocultaba. Tuvo una erección enorme. Se quitó la ropa y fue hacia a ella. Se agachó y metió su lengua en aquella papaya. Estaba ácida, no se había lavado. Estaba sudada, meada, quizá había cagado, pero Exon siguió con la cabilla firme. Le lamió el culo, sabía dulce. Mara cerró los ojos, le apretó la cara contra su bollo, se restregó y se vino. No gritó, como de costumbre. Solo soltó un gemidito que disparó un cortocircuito por todo el sistema nervioso de Exon. Mara se tiró en el suelo sudada, desmelenada, abandonada.

–Métemela –le pidió–, métemela bien despacio… bien, bien, despacio, por favor –suplicó levantando las dos piernas y tirando de ellas hacia arriba agarrándolas por debajo de las rodillas con sus manos húmedas. Exon obedeció como un robot. Su pinga, como un trozo de metal perfecto y pulido entró hasta los mismísimos huevos.

Mara se movió con suavidad y con las piernas anudadas en su espalda dirigió con precisión el movimiento. Así ondearon como dos banderas agarradas de una sola asta que no parecían rendirse. Así despacio, bien despacio, hasta que Mara le hundió las uñas en los hombros. –Viénete cabrón, dame esa leche completica, lléname cojones. Ahora mismo. Ahora. ¡Ahora! –gritó cada vez más fuerte hasta que, al unísono, como el último acorde de una sinfonía, se vinieron uno dentro del otro y mientras Exon saboreaba pajeándose dentro de ella, su pinga se desinflaba poco a poco y la leche iba y venía encharcando su culo. «Al fin», pensó ella. «¡Pinga!», pensó él.

Ni patria, ni muerte

Estar en el momento adecuado, era la máxima preocupación de Exon a diario (además de estar a la altura de sus deberes "sexuales", claro). Aquel asco de vida, que para algunos (ciudadanos comunes, la mayoría de artistas e intelectuales y escorias varios) la causa estaba "dentro" y para otros (militantes del partido, militares y "revolucionarios" convencidos varios) la causa estaba "fuera", tenía que dar algo bueno y, en el lugar, ya estaba. Era todo cuestión de fe. Era mucho más fácil buscar (y encontrar) explicaciones teológicas que filosóficas. Lo que en un principio sacó de quicio al gobierno y convirtió en censores oficiales a los agentes institucionales del arte resulta que también tuvo beneficio para los castigados; como esperaba Exon. Años después Iván de la Nuez lo explicó así, a su manera,

Reconozcámoslo, la Revolución universaliza la cultura hasta un punto en que esta cultura se cree la universalización. Esa vanidad es el núcleo perverso del nacionalismo: comienza a merodear tanto "su" problema que éste, muy pronto, se convierte en "el" problema. Se intoxica tanto "su" mundo, que éste se le convierte en "el" mundo (pensemos de nuevo en el mapamundi de "Mundo soñado").

Aquí debería hacer una pequeña aclaración. *Mundo soñado* fue una obra de Tonel (aquel artista que en la Bienal III fue presentado entre los graciositos con su particular versión artística del bloqueo: un mapa de Cuba hecho con bloques de cemento) que consistía en un gran mapamundi construido solo con islas de Cuba. Cuba está en todas partes y, por esa misma razón, no está en ninguna. ¡Qué bueno Tonel! Una vez hecha la aclaración pido perdón por la interrupción y continúo,

Cuando esto sucede en países pequeños, la actitud es patéticamente provinciana. (Hay cubanos que han llegado a decir, a la altura de 1991, que en su país se produce el mejor arte del mundo).

Esto es tan bueno que conviene repetirlo sin paréntesis: Hay cubanos que han llegado a decir, a la altura de 1991, que en su país se produce el mejor arte del mundo. ¡Qué bueno Iván! Perdón otra vez, pero es jodidamente bueno.

Pero cuando esto sucede en países más poderosos –cuando se le ocurre a Hitler, por ejemplo–, entonces la universalización del problema nacional (nuestro problema es "el" problema, nuestro mundo es "el" mundo) transforma lo patético en trágico y tiene lugar el fascismo.

Que triste Fidel, que nuestro país no era de los más poderosos y nuestro problema no llegó a ser del todo "el" problema y nuestro mundo no llegó a ser del todo "el" mundo. ¡Que pena! Pero fue lo suficientemente nacionalista para disolver las diferencias culturales dentro–fuera. Se trataba de la cubanidad, de la identidad nacional, y eso, menuda paradoja, ayudó a lo que luego los teóricos denominaron: «Diáspora». Los que se fueron salieron beneficiados en irse y los que no se fueron salieron beneficiados en quedarse. Nadie ganó. Los de un lado y los del otro perdieron en tablas. Todo quedó en medio de Patria o Muerte. Ni patria, ni muerte.

Lino García es mi pseudónimo. He tomado prestado su nombre. Espero que me perdone el atrevimiento pero llamarme Hemingway o Bukowski me pareció excesivo. No soy un narrador omnisciente. Soy una primera persona que no es protagonista sino un comemierda más, un número más, una rata verde más que agitó banderitas azules, rojas y blancas y cantó consignas, como un video que se reproduce cuando presionan la tecla *play*, y ahora escribe con la misma vehemencia, sin banderitas, ni consignas, la nada que queda cuando se traba la tecla *stop*. Aun así tengo miedo; en palabras de Shakespeare: tengo miedo de tu miedo. Nunca seré libre, pero nunca estaré preso.

Lino García

Esto no funciona así

–¿Por qué siempre vienen a verte si tenemos teléfono? ¿Acaso no pueden llamar antes? –preguntó Mara un poco extrañada al ver que Pascual llamaba al timbre.

–No se, pasaría por aquí –respondió Exon; pero ambos sabían que no era cierto. Pascual no tenía su número porque no era su amigo. Era lo más parecido a un marchante que traficaba con obras falsas. Era peligroso que viniera, pero a Exon le parecía aún más peligroso darle el teléfono. Al menos, tal y como estaban las cosas, así podía controlar mejor la situación. Si llamaba podía hablar más de la cuenta con Mara por más que le había hecho jurar que no debía saber nada de nada. Era el trato. Así que mientras Mara se preguntaba por qué Pascual, que no era artista, ni músico, ni ingeniero, ni taxista, ni nada de nada, venía de vez en cuando y luego se perdía y de nuevo volvía, como las plagas. Exon le anunciaba desde abajo: –Vengo ahora –y se piraba con el que se suponía era amigo de la infancia, del barrio; aunque no supiera de qué barrio podía ser autóctono éste personaje, ni de qué infancia.

–¿Qué bolá Tomás Esson?

–¿Qué te pasa man? Exon y Esson, aunque tú los digas iguales, se escriben diferente ¿sabes? Exon es mi nombre, no mi apellido –pero no merecía la pena perder el tiempo porque volvería a repetirlo. Era imposible resistirse a la tentación. Siempre lo hacía. Pascual sabía con todo lujo de detalles quién era Esson porque *A tarro partido (segunda parte)* fue quizá la exposición más corta y con menos público de la historia reciente del arte en Cuba y la Galería 23 y 12 fue, casi seguro, la primera de toda la historia en exponer una imagen de un Che negro horrorizado e impotente ante la frenética y repulsiva templeta de dos monstruos delante de sus narices–. Atiende Pascual porque lo que te voy a decir es muy, muy, importante –dijo sentándose en un banco e invitándole a hacer lo mismo sin darse cuenta que había una buena cagada de pájaro esperando.

–¡Manda pinga! ¡¡¡Asere!!! –se quejó Pascual mirándose el culo como un perro que se quiere morder el rabo y no puede–. Shhhhh. ¡¡Asere!!

Exon se rió un poco. No podía evitarlo, pero tampoco quería que se encabronase por gusto.

–Coño Pascual que es solo una cagada de pájaro, no de elefante. Escucha bien que tengo que regresar rápido. La pintura de la foto que me trajiste es muy valiosa y está en un museo muy importante de Japón. Así que esa no se puede hacer. Sin embargo… sin embargo, Frida pintó dos versiones y la otra, de la que encontré una imagen, está en paradero desconocido. Así que si esa obra apareciera de repente, por obra y gracia de una estupidez de tu amiga, se montaría un escándalo monumental. Yo creo que no puedes vendérsela y que yo no debería pintarla.

–Bróder, esa jeba está podri'a en el baro, es fan loca de la otra loca y no tiene la más mínima idea.

–Es muy peligroso Pascual. Ten en cuenta que las pintó en el 38. Hace muuuchos años. Para que quedase bien tendría que usar unos pigmentos parecidos a los que pudo usar Frida, tendría que acelerar el envejecimiento; el óleo tarda por lo menos un año en secar bien. Y si esa jeba mete la pata nos va a dejar en llamas. Es muy peligroso.

–¿Y si te inventaras unos dibujos, algo así como los bocetos que hizo para pintarlos?

–Eso sería más sencillo pero tendría mucho menos valor.

–Bróder, esa jeba no sabe ni pinga. Te lo aseguro. No va a pasar na'.

–¿De dónde sacaste la lámina? ¿Te la dio ella?

–Noooo, que va. Ella solo me dijo que le encantaría tener un Frida Kahlo, que le habían dicho que aquí era posible encontrar alguno barato. ¿Tú sabe?, en comparación… Me dijo que conocía a una que había conseguido un dibujo de Frida así. Yo me fui a la biblioteca del Ministerio de Educación y no encontré ni pinga. Al final un socio librero me consiguió lo que te di, de una revista vieja. Te dije que quería "ese" pa' no andar complicando las cosas, pero la verdad que me da lo mismo.

–No se de dónde pudo sacar esa idea. Frida nunca viajó a Cuba ¿Cuánto le piensas pedir por eso?

–Yo había pensado en 20 000 estacas por lo menos.

–Si pides tanto le harás pensar que el cuadro es muy valioso. Te tendrás que contentar con 1000 o 1500 y a mi me vas a tener que pagar por lo menos 500 faos.

–Bróder, todos los cuadros de Frida son valiosos.

–Y viejos.

–Le diré que lo encontré por ahí escondido entre los tarecos de mi casa. ¿Tú sabes que yo soy descendiente de mexicanos?

–¿Tú?... ¡¿tú?!

–Eeeeeh qué bolá asere ¿por qué no puedo ser descendiente de mexicanos? Este negro –dijo tocándose un brazo–, este negro es del sol.

–No se, es lo último que me creería. Tú sabes que México aquí está de moda, ¿no?

–No man ¡eso ya pasó!, ¡hace raaato que blindaron todas las embajadas! Ya nadie puede ni acercarse, ni a México, ni a ninguna parte –Exon lo pensó de nuevo. Algo le decía que si.

Algo le decía que no. ¿Para qué quería el dinero? Ya tenía dinero. No le hacía falta. Tenía dinero para jubilarse y vivir lo que, según las estadísticas, debía tardar la muerte en darle caza por la espalda. Pero la simple idea de falsificar un cuadro de Frida le excitaba tanto que le faltaba aire, le daba como una especie de asma emocional.

–No se Papascu. Tengo que pensarlo bien y necesito tiempo, mucho tiempo. En cualquier caso lo mejor es que esa jeba se vaya, déjala ir y dile que te deje una dirección donde escribirle por si acaso suena la flauta. Necesito tiempo. Lo siento Papascu, pero esto no funciona así.

Giovanni Morelli publicó su obsesión por los pequeños detalles y los rasgos habitualmente menospreciados en el libro *La obra de los maestros italianos* bajo la identidad falsa de Ivan Lermolieff, traducida del ruso por el igualmente falso traductor Giovanni Schwarze. Morelli se ocultó tras dos identidades falsas quizá dentro del juego del tema que le ocupa: descubrir los fraudes y las falsificaciones del arte. Para Morelli cualquier pintor más o menos dotado podía imitar el estilo de otro pintor, pero pocos eran capaces de imitar a la perfección los rasgos más insignificantes como las orejas, los pies o las manos. Había que fijarse en los detalles a los que el pintor apenas daba importancia, en todo aquello que dibujaba o pintaba de manera mecánica, casi inconsciente.

El accidente

Exon siguió dándole vueltas al "asunto". Igual podía pintar una versión de un cuadro más reciente para tener menos problemas de "antigüedad", pero el de aquella niña con máscara, que debía ser más o menos pequeño (el de Nagoya era de 14,9x11 cm), empezó a obsesionarle.

Aquella niña inocente, que jugaba sola a ocultarse, sufriría una barbaridad el resto de su vida. Primero la poliomielitis y después un grave accidente a los 15 años la mantuvo postrada en cama durante largos e interminables períodos. Un tranvía arrolló el autobús en el que viajaba y lo aplastó contra un muro. Sobrevivió de milagro. Su columna vertebral se fracturó en 3 partes, las costillas en 2, la clavícula en una y el hueso pélvico en 3. Su pierna derecha se fracturó en 11 partes, su pie derecho se dislocó, su hombro izquierdo se descoyuntó y un pasamanos la atravesó desde la cadera izquierda hasta salir por la vagina. Fue, según ella, la forma brutal en la que perdió su virginidad. Pasó por el quirófano 32 veces y tuvo que sufrir corsés de yeso, mecanismos de "estiramiento" y un sin número de barbaridades médicas que solo pretendían devolverla, sin éxito, a la normalidad.

Quizá Frida ha sido la artista que mejor ha sabido pintar el dolor. La pintura llenó su vida. Según ella misma dijo: «he perdido tres hijos y otra serie de cosas que hubiesen podido llenar mi horrible vida». Aquella niña con la máscara no sabía aún lo que le esperaba.

Singar, comer, dormir, solo son signos del triunfo de la vida sobre la muerte. Quizá fueron las pequeñas conquistas que Frida arrancó a la muerte. La abundancia o escasez de templar, jamar, surnar, solo pueden indicar lo cerca o lejos que tienes a la muerte soplándote la nuca. Si, la muerte es sopla-nuca; al menos así lo veía Exon poniendo su pecadorísima trinidad en el mismo saco. Si hay algo que el Estado demostraba con creces era su incapacidad de darle de comer a la gente. Si algo estaba quedando en entredicho (aunque parecía superado) era la incapacidad de Exon de darle satisfacción a Mara. Lo único que parecía ir bien por el momento era el sueño: tenía cama, techo y ganas.

El arte que tanto incomodaba al Estado era justo aquel que cuestionaba esa incapacidad: la "estética del hambre" y el efecto que mermaba sus supuestas conquistas sociales: la "estética del sexo". El hambre era un hecho. El turismo sexual era un hecho. La prostitución floreció, estuviera donde estuviera enterrada su semilla, en forma de jineterismo. Se podría decir que el jineterismo fue un invento del "caballo". Fue un fracaso de la Revolución. Las diferencias entre puta y jinetera o puto y jinetero son sustanciales. En el primer caso el sexo es mercancía: se alquila por dinero. Es verdad. En el segundo caso el sexo es moneda de cambio: se vende por dinero camuflado en amor. Es mentira. El primero es un contrato que se sabe cuando empieza y cuando termina. El segundo es un usufructo que se sabe cuando empieza, pero no cuando termina. En el primero no hay besos, ni gestos de amor. En el segundo hay besos y gestos hipócritas de amor.

El primero es universal: el servicio es para todos (casi siempre en forma de activo). El segundo es exclusivo: el servicio es solo para extranjeros (casi siempre en forma de deuda). En el primero el objetivo es la satisfacción sexual. En el segundo los objetivos son más complejos: la satisfacción material individual y social (de toda su familia), la posibilidad de escapar del hambre y la necesidad, etc.

La estética del sueño es más compleja. Todo está dormido. El Estado hace como que paga y el ciudadano hace como que trabaja. Nadie da palo al agua. Según el razonamiento de MAldito, el 90% de la gente en este país dormía y eso le convertía en disidente, en contrarrevolucionaria, por mucho que cacarearan y pregonaran consignas vacías y agitaran banderitas de colores azul, blanco y rojo. Fidel nunca supo, ni nunca sabría, quién de toda esa gente haría algo, de verdad, por aquello.

El país, como Frida, se partió en trozos cuando el tranvía de la Perestroika y la Glasnost de Moscú arrolló al autobús socialista tropical y lo estampó contra un muro. Lo dejó asolado por el dolor y acechado por la muerte. Esa muerte trágica, heroica, que tanto gusta a los fascistas. El sueño imposibilita la acción y por lo tanto la acción por la acción. Años después, en el 95, Umberto Eco dijo en la Universidad de Columbia, a propósito de caracterizar el "fascismo eterno": «pensar es una forma de castración». Al estado no le gusta la crítica, pero el sueño la fomenta. Todo ciudadano es sospechoso, hasta que se demuestre lo contrario, de traición: «el desacuerdo es traición». Toda conexión es sospechosa de complot, hasta que se demuestre lo contrario. El sexo es un arma. El verbo es elemental. El que piensa pierde. Las ruinas son la constatación del fracaso que quiere convertir su revés en victoria. El hombre que no es viejo, ni nuevo, sino hombre mirando al limbo, es el hombre que está condenado a perder y a llevar una horrible vida; como el hombre nuevo de la Alemania Nazi, el hombre nuevo de la Rusia de Stalin o el hombre nuevo de la China de Mao.

Exon podía pintar una versión de un cuadro más reciente para tener menos problemas de "antigüedad", pero también podría pintar la versión perdida de la niña con máscara que no sabía aún lo que le esperaba con óleos más viejos. En un país varado en el tiempo no sería difícil. El reloj se paró cuando el tranvía del progreso arrolló al autobús del abuso y lo estampó contra el muro de la utopía. Lo que algunos llaman simplemente: "el accidente".

Entre estadísticas y probabilidades

La jebita alemana de Papascu se enteró de que Cuba estaba en el mapa del arte por la exposición *Kuba o.k.*, realizada en 1990, en el Stadtische Kunsthalle de Düsseldorf, por Jürgen Harten en colaboración con el Centro de Desarrollo de las Artes Visuales y con Tonel (el artista "graciosito" de los bloques de cemento y el gran mapamundi de islas de Cuba). Hasta entonces, para los alemanes Cuba solo existía en los mapas de geografía y Peter Ludwig, el rey del chocolate, compró dos tercios de la muestra. Ludwig sabía invertir; así que si compraba arte "contemporáneo" cubano sería porque era bueno y, aunque no lo fuera, suponiendo que no lo fuera, como él lo había comprado, sería bueno. Con el tiempo lo que el compró por una ganga lo revendería al resto del mapa del arte por una millonada.

La amiga de Papascu vio la jugada y se fue lo antes que pudo de safari a La Habana. Y compró al peso, mucho más barato que Ludwig, y se animó tanto con aquel mercado tan exótico, primitivo, abundante y virgen, que, en un arrebato de adrenalina le preguntó a Pascual si podía comprar un Frida Kahlo y Pascual, que haría todo lo posible por ser "su hombre en La Habana", respondió: –Si, me parece que si, creo que conozco a alguien que tiene algo y quizá, teniendo en cuenta el estado de las cosas, quiera venderlo.

Pero su "plan entero" no era buscar a ese alguien que tiene algo y quizá, teniendo en cuenta el momento por el que estamos atravesando, quiera venderlo. Las verdades en los últimos tiempos, solo pueden ser verdades a medias. Pascual vende falsificaciones, no originales. Su plan A, que era su único "plan entero", era conseguir uno falso. Él sabía, en realidad creía, que si Exon lo pintaba, ella no se daría cuenta. Por ahora el plan A no funcionaba, así que el plan B era esperar a ver si el plan A se ponía en marcha.

Mientras Exon dudaba de su plan, buscar óleos antiguos, pasó por la casa un tío flaco, con una guitarra eléctrica colgada a la espalda, cuya cara le recordaba a alguien, pero que no conocía. Tocó al timbre y cuando Exon bajó y abrió la verja a pie de calle, el flaco melenudo le saludó como si le conociera de toda la vida.

–¿No te acuerdas de mi? Yo soy Bebé, el socio del Wolf –y como Exon parecía no reaccionar, Bebé continuó con su carta de presentación–. Vine con él a recoger el Fender. ¿Te acuerdas que estuve probándolo? –entonces Exon se acordó que mientras hablaba con Wolf aquel hombrecillo no paró de tocar el bajo sin amplificador. Exon le dio la mano y lo saludó tímidamente–. Na' pasaba por aquí… –explicó él.

Y dijo «pasaba por aquí», como si pasara de vez en cuando y después le pidió un vaso de agua porque hacía un calor que rajaba las piedras. Exon lo invitó a subir. Bebé se sentó en la terraza y no se fue hasta después que comieron a las nueve de la noche. A Exon le cayó simpático, pero no más que a Mara, que no paró de reírle las gracias. Exon no lo sabía, pero Bebé tenía su don sobre las mujeres. Por alguna razón muchas empezaban por desear ser su madre y cuidarlo y terminaban siendo su amante y odiándolo. Era básico, tan básico, que parecía dotado de una pose refinada; una cosa rara.

Sacó la guitarra en algún momento y estuvo improvisando mientras hablaba sin parar quien sabe cuánto tiempo y de qué. Habló de su grupo, de sus músicos, del Aceite, del Abuelo, en fin... Les costó echarlo porque tampoco querían del todo que se fuera, pero al final... él solito se levantó, guardó su guitarra y se fue por donde vino.

Después del exorcismo y la prueba de éxito parecía que el sexo volvía a la normalidad, pero ese día Exon tuvo otro gatillazo. Recurrió de nuevo a sus dotes lingüísticas para acabar como un hombre, pero no podía entender lo que le estaba sucediendo a su "hombría". Mara estuvo a punto de estallar, pero no lo hizo. Decidió tener algo más de paciencia. En definitiva se había venido, y bien, así que no quiso ser egoísta y mala, pero eso era una cosa y pasar por alto aquello, otra.

Exon, por su parte, siguió dándole vueltas. La lavadora de su cabeza solo rotaba con dos prendas dentro: su "problema" y el "problema" de la niña con la máscara. Llegó a pensar que a lo mejor la pernoctación de Aldito en el jardín pudo echar a perder el exorcismo, pero sabía que estaba desesperado. Un fallo permanente puede no tener remedio, pero al menos se sabe por qué. Un fallo intermitente es mucho más desesperante. Es imposible saber por qué. A veces funciona y a veces no. Puede ser tan *light* como *heavy*, tan curable como incurable. El fallo permanente queda en el dominio de las estadísticas. El fallo intermitente queda en el dominio de las probabilidades. No se sabe y no saber es terrible.

Cada artista debe encontrar su fórmula

En 1989, un año antes que Peter Ludwig, Nina Menocal, una ex-periodista mexicana nacida en Cuba, descubrió en La Habana a varios artistas de la después llamada "generación de los ochenta", "mala yerba", "renacimiento cubano", etc., y decidió emprender en el mundo del arte. Pero Nina no se llevó solo a las obras, sino también a los artistas. Primero se llevó a Arturo Cuenca y a Tomás Sánchez y después a Gustavo Acosta, Zaida del Rio, José Bedia, Carlos R. Cárdenas, Glexis Novoa, Ana Albertina Delgado, Adriano Buergo, Consuelo Castañeda, Quisqueya, Rubén Torres Llorca, René Francisco y Ponjuán, Ibrahim Miranda, Sandra Ramos, Agustín Bejarano, Segundo Planes, Alejandro Aguilera, Ángel Delgado, Ángel Ricardo Ríos, Leandro Soto, Israel León, … y también compró obra de muchos otros como Luis Gómez, Gory, Gustavo Pérez Monzón, Tomás Esson, José Luis Alonso, Tonel, José Franco, … Todos los artistas fueron aprendiendo poco a poco, uno a uno, qué era un cheque bancario, lo que era ser artista siendo cubano fuera de Cuba y lo que era ser cubano siendo artista fuera de Cuba. Nina tumbó un muro que nadie veía, pero que todos sentían o como dijo Iván de la Nuez: creó un pasadizo entre las costas de El Paraíso y de El Infierno.

Después fue acusada de «agente de Castro» en Miami y de «agente de la CIA» en La Habana, pero esa es otra historia, otra paranoia, otro Muro.

En 1989, cuando Mara «necesitaba que siguieran pasando cosas», fue quizá cuando el aleteo del arte cubano empezó a sentirse al otro lado del mundo y, aunque tres años después seguían sin papel para limpiarse el culo, lo que había afectado a unos terminó afectando a otros; lo que había sido bueno para unos terminó siendo bueno para otros. El *Detector de ideologías* de Lázaro Saavedra oscilaba sin parar ante cualquier cosa que le pusieran delante. La escala era: sin problema, problemática, contrarrevolucionaria (inconsciente y consciente) y diversionismo, pero la aguja no paraba en ningún punto. Eran momentos muy raros. Justo cinco días después del *Juego de pelota*, el grupo ABTV (Tanya Angulo, Juan Pablo Ballester, José A. Toirac e Ileana Villazón) puso punto final al proyecto del Castillo de la Fuerza. La exposición se llamó *Homenaje a Hans Haacke*; el detector de ideologías se puso loco. ABTV colgó un retrato de Orlando Yanes, el pintor oficial que diseñó la valla del Che para el edificio del Ministerio del Interior en la Plaza de la Revolución, y delante, sobre una mesa, dos copias de sus obras: un retrato de Fulgencio Batista de 1952 a la izquierda y otro de Fidel Castro de 1986 a la derecha. Debajo de Yanes se podía leer su credo:

PODEMOS CONTAR CON UNA PODEROSA FUENTE DE INSPIRACIÓN COMO ES NUESTRA REVOLUCIÓN. ESTE HECHO NOS IMPONE UNA PREGUNTA FUNDAMENTAL: ¿CÓMO FUNDIR LAS EXIGENCIAS ESTÉTICAS CON LA INSPIRACIÓN REVOLUCIONARIA? YO CREO QUE LA RESPUESTA NO PUEDE CONDENSARSE EN UNA FÓRMULA, YO CREO QUE CADA ARTISTA DEBE ENCONTRAR "SU FÓRMULA".

La inauguración se suspendió porque el grupo no aceptó las condiciones de Omar González, presidente del Consejo Nacional de las Artes Plásticas: excluir la fotocopia del retrato de Fidel Castro, excluir del currículum de Orlando Yanes que en 1975 diseñó la bandera y el logotipo del Primer Congreso del Partido Comunista de Cuba, excluir una fotografía en la que aparece el grupo con Marcia Leiseca. Casi nada.

Cuando el grupo se disolvió Toirac, por ejemplo, no se fue, en su lugar, tal y como pretendía Exon, aprovechó el efecto mariposa. Para vivir en Cuba siendo artista fuera de Cuba había que ser más que artista, había que ser un cínico. Pero para vivir de Fidel Castro había que ser mucho más que un cínico. La aguja del detector de ideologías de Lázaro debía oscilar como un péndulo entre los dos extremos, entre sin problema y diversionismo, sin detenerse nunca. Toirac hizo del detector un metrónomo. Esa fue su fórmula.

Todos nacemos originales y morimos copias.

Carl G. Jung

Jodido pero contento

–Bróder, ¿qué bolá con aquello? –le preguntó Pascual a Exon.

–Estoy en ello, tengo una idea que quizá pueda funcionar, pero necesito tiempo. Si la "cosa" prospera te aviso; mientras tanto olvida esa jeba.

La jeba a olvidar no era la alemana, que también, sino "aquello". La bolá con "aquello" era una averiguación básica de si había algún cambio positivo respecto de pasar del plan B al plan A. Exon necesitaba óleos viejos, pero no iba a desvelar su plan. El éxito de cualquier plan empieza por el silencio, la discreción, el anonimato y Exon sabía desaparecer, incluso de su propia presencia. La "bolá" debía surgir con cierta espontaneidad, como si se tropezase con lo que en realidad se va buscando. Y la oportunidad la trajo Marcelo Pogolotti; mejor dicho, vino con un encargo de Wolf del famoso futurista del pasado. Wolf se apareció con Bebé, a estas alturas amigo íntimo de la familia Exon-Mara. Pero no entraron juntos. Con mucho tacto Wolf lo entretuvo comprando unas cervecitas a un punto a dos cuadras de distancia para poder dispararle a boca de jarro a Exon.

–Bróder, te voy a hacer un encargo "complejo" –le avisó–. Necesito que me hagas una falsificación –Exon lo miró desconfiado, dispuesto a decirle «yo no hago eso man», pero pudo leer en los ojos de Wolf que le ofendería. En la farándula casi todo se sabía y lo que no, se imaginaba, pero en la chusma todo se sabía en el canal adecuado, al nivel correcto. Si Wolf sintonizaba con los pocos que estaban metidos en el contrabando de falsificaciones, y Wolf era un tipo muy inteligente y leal, tenía que saberlo.

–¿Quién te dijo que yo…?

–Asere, te hice tremendo regalo –a Exon se le evaporó la sangre del cuerpo–. ¿Quién en este país tiene un Lam como el que te regalé? –Exon le subestimó, pero Wolf era un camaján que tenía crédito en la Korea: la torre de babel del Cerro y eso Exon no lo sabía porque Wolf también era discreto, anónimo, a pesar de su extraversión y empatía. Wolf estaba loco porque no sabía lo que era el miedo y no le importaba morirse. El superhéroe no sabe lo que es el miedo porque no puede morirse. Es un niño de teta al lado del que no conoce el miedo a sabiendas que puede morir. Wolf era un temerario–. Y que quede claro man. No te estoy chantajeando. Si no quieres, aquí no pasó ni pinga y me voy con mi música a otra parte. No te estoy pidiendo un favor bró, te estoy proponiendo abrir un negocio.

La revelación del Lam era una prueba de vida y, para Exon, de lo indigno de su comportamiento. Se sintió fatal, como una rata albina, salida de la cloaca más inmunda e infecta, invitada a bailar en palacio. Pero ahí estaba el sincero Wolf que encima le había pagado más de la acordado por la falsa "restauración", por encima de todos los dioses y superhéroes pidiéndole formar una sociedad. Exon tenía dinero incluso para varias jubilaciones, pero no podía decirle que no.

—Te voy a contar un secreto mostro. Me piro. Yo ya no puedo más con esta pinga; así que me piro pa' donde sea; pa'l desierto, pa'l polo norte, me da lo mismo y necesito hacer un baro cuanto antes. ¿Tú sabes la cantidad de bolá que se mueve con esto? Ahora me han hecho este encargo. ¿Tú sabes para quién es? No deberías saberlo porque, tú sabes, cuanto menos sepas mejor pa' ti, pero te lo voy a contar para que veas hasta donde estamos empantana'os de mierda. ¿Tú sabes que Pogo era comuñanga, no? Pues bien, es para un diplomático de un país tovarisch, socialista, un pincho gordo asere, que quiere pintura social del revolucionario Pogolotti y como el Estado no se la va a vender, porque el Pogo es patrimonio, tú sabe', y el fondo que tiene el Museo Nacional de Bellas Artes, por muy grande que sea, es sagrado, pues entonces, como sabe que todavía quedan piezas en manos de particulares por ahí e incluso perdidas, ahí va y me la encarga.

—¿A ti? —Exon tenía ganas de preguntarle «¿y tú de dónde coño tienes amigos diplomáticos?», pero no hacía falta porque la carroña es la carroña y se llama una a otra (da igual si va vestida de traje), la rata tira a la alcantarilla (da igual si agita banderillas de colores o no) y Wolf sabía moverse de un lado a otro como nadie.

—Yo les he vendido bola de pinchas. Eso sí, mucho menos importantes, piezas más "fáciles" de conseguir. A éste y a otros muchos, porque esto es como un CAME[3] de coleccionismo secreto. Así que, como les he conseguido de todo, han dicho «Oye, ¿tú crees que sería posible?... ¿Tú me entiendes? Bla, bla, bla…». De más está decirte que, si le llevo esto, vendrá una avalancha de pedidos. La ambición y el vicio no tienen límites pero el poder, el poder es de pinga; sino pregúntale a quién tú sabes.

---

[3] Consejo de Ayuda Mutua Económica.

–Ok. La pinto pero necesito una cosa man. Necesito óleos y lienzos antiguos.

–Dalo por hecho. Se quien tiene.

Cuando Bebé apareció la sociedad estaba cerrada. Así que se bebieron las cervatanas y cuando se acabaron Wolf se fue a buscar un rifle de Vodka azul SKYY de 40% de alcohol y se lo soplaron entre los tres en menos de 20 minutos, como los tovarisch rusos. Al poco tiempo de llegar Mara, Bebé se puso demasiado confianzudo con ella y Wolf decidió que era hora de desmontar el campamento. Cuando Exon le abrazó en la puerta, Wolf le preguntó:

–¿Qué bolá Peter Pan? ¿Estás bien?

Exon se lo pensó antes de contestar.

–Si, estoy bien; jodido, pero contento.

Una de las razones por las que Elmyr pudo seguir adelante con lo que estaba haciendo durante veintidós años, vendiendo falsificaciones por todo el mundo, por todos los Estados Unidos, fue la existencia de algo nuevo en el mundo del arte. Y eso es el mercado del arte. Eso le permitió vivir el día a día, de pintura en pintura, de falsificación en falsificación, de estafador en estafador, de ladrón a ladrón, y de ciudad en ciudad.

Clifford Irving

No hay primavera en Anhedonia

Las cosas entre Exon y Mara fueron de mal en peor. Como cantaba Charly García:

El tiempo vuelve a pasar
pero no hay primavera
en Anhedonia.

Exon nunca fue muy social que digamos, sin llegar a ser del todo antisocial. Exon era más bien asocial. Su don de la transparencia tenía un cierto apego a la apatía. Era un modo de desaparecer. Nunca estuvo tan claro, ni jamás fue diagnosticado, pero la anhedonia que empezó cuando partió la abuela era ya un hecho.

No fue fácil aceptarlo, aunque si inevitable, y Mara le culpó de su insatisfacción. Fue mala, egoísta, agresiva, durísima. Para ella la causa no estaba en Exon; él solo incubaba el síntoma. La causa de aquella falta de apetito sexual, de aquellos gatillazos, era ella. Creía, sin el más mínimo fundamento, que había dejado de ser lo que era antes, lo que había sido. En apenas dos años, la magia hacia sus maletas y cogía el expreso de medianoche.

No hay nada que hacer
De noche no pasa nada
Nada más que el tren.

De hecho ni siquiera pasaba el tren porque todo estaba paralizado. Todos temían que su tren hubiese pasado sin su conocimiento. Todos creían que no habría otro tren. El último pasó quizá cuando cayó el muro de Berlín y todos los cascotes inundaron la depauperada isla. Exon hizo todo lo posible por no perderlo. Repitió el exorcismo. Fue a un Babalawo, sacerdote mayor de Ifá, que le prohibió comer frijoles colorados y negros, beber alcohol, la carne cruda o semi cruda y tener gatos en casa. Además le mandó tomar cocimiento de raíz de árbol de cuerno bien hervida, de bejuco garance y de ortiguilla mezclada con canutillo y rabo de zorra, limpieza con flores blancas y cascarilla y conseguir pimienta de gato. Las flores blancas con perfume quitan la maldición. La cascarilla destruye la oscuridad. Los cocimientos y lo demás la impotencia. Pero el piano siguió sonando de noche en noche donde no había piano y la flauta siguió sin sonar de noche en noche donde hubo flauta. No había nada que hacer.

Exon intentó seguir su vida mientras esperaba un milagro y Mara intentó acostumbrarse a seguir su vida sexual con los juguetes que Exon mismo le había traído de sus viajes, con su lengua (lo mejor con diferencia) y con sus caricias, que ya no sabían igual porque era como singar con un ángel o con una mujer. Mara intentó acostumbrarse a su nueva vida lésbica pero, en el fondo, le indignaba, no lo comprendía y le culpaba.

Exon pintó y pintó más que nunca en su vida. Se refugió pintando bocetos de aquella niña con máscara de Frida y a los grupos de obreros y patronos del mundo futurista de Pogolotti. Los óleos que trajo Wolf, por fortuna, no se habían secado, pero no los malgastó.

Pintó mucho para robarse cada gesto. Se le daba bien. Nadie le enseñó, ni podía enseñarle, pero podía hacerlo como podía hablar o pensar. Iba casi como un hábito al Museo y a la biblioteca, observaba con lupa las imágenes, consiguió muchos libros, pidió otros prestados. Exon se formó para lo que podía ser su gran obra en medio de una extraña vida que le arrastraba por los pies hacia un agujero del que no se sabía muy bien dónde estaba la salida, ni si la había, donde ayer y mañana eran indiscernibles. Los tiempos eran tan parecidos que era imposible determinar cuál fue *déjà vu* de cuál.. Todo seguía igual pero todo era diferente.

No tengo que hacer las maletas
No siento nada.

Seguía Charly... *No hay primavera en Anhedonia*. Tampoco para Exon. Al final pintó su Pogolotti. Wolf lo vio y quedó mudo. –Impresionante man, de verdad... acojonante. Usted no es de este planeta –Quizá tuviera razón. Exon habitaba en un planeta donde ya no había química con los efluvios hormonales que emitía Mara. Wolf vendió el Pogo. Le trajo a Exon 1500 dólares que él aceptó sin excusa. Téngase en cuenta lo que pueden ser 1500 dólares en comparación con los 28 dólares, siendo generoso, que puede ganar (al cambio) un profesor de universidad. No lo hizo por el dinero. Tenía garantizada su jubilación tres o cuatro vidas.

–Puse un poco más de aceite de linaza, apliqué capas muy finas y, como casi todo es azul, no creo que tarde mucho en secarse, pero el óleo puede tardar casi un año… te lo digo por si acaso.

–Tranquilo animal, que ahora esto pasa por el taller de deshumidificación y secado rápido patentado por el Worforlaine.

Días después de salir el Pogo-Exon vino Pascual a ver qué tal iba la decisión, pero Exon ya lo tenía claro. La historia de la alemana no le ofrecía confianza. Ni siquiera él le ofrecía confianza. En realidad, a estas alturas, pocas cosas le ofrecían confianza.

–No bró. Lo siento, pero no puedo hacerlo –fue su respuesta definitiva. Pascual lo miró con cara de súplica y Exon le dedicó una excusa más sofisticada. No lo pintaría; no por que su socio Papascu y su jebita alemana no le ofrecieran confianza, esto no funciona así. No lo pintaría porque era casi imposible pintar a la gran Frida Kahlo, la única. Porque no conseguía hacerse con su aura. Cualquiera reconocería que no era original. Pascual no se lo tragó, pero fingió comprensión y aceptación; su amigo la necesitaba y él no era quien para no dársela gratis.

Uno más uno puede ser más que dos

Mara se arrepintió de haber despachado al Wendigo, sin ni siquiera probar aquel hermoso consolador multicolor de la talla 40,4. Muchas veces lo pensaba y todas las veces se arrepentía; ahora que el original cedía y la copia apremiaba.

Mara llegó del interior y se topó, casi de bruces, con Exon. Pura casualidad. Ella vivía en un albergue, como la mayoría de las guajiras que llegaban a estudiar a La Habana y Exon enseñaba pintura cerca. Era cuestión de tiempo que se cruzaran y del destino que no se separaran. Hablaron, conectaron, se gustaron. Exon la invitó a su casa. Ella aceptó y salió de allí tres días después para recoger sus cosas en la beca y mudarse para siempre.

Exon era justo lo que necesitaba. Lo sabía desde antes de conocerlo. La primera llamada telefónica que hizo después de mudarse con él fue a su novio en Las Tunas. Lo despachó a su manera: –Si, te dejo por otro, para que lo vamos a negar –fue lo que dijo, y se dispuso a empezar su nueva vida. Exon vivía con su abuela. No se parecían en nada, pero aquella señora tranquila y amable le trataba como a un nieto y él le llamaba abuela.

Exon fue la puerta por la que Mara entró a un mundo del todo ajeno y desconocido: el arte. Ese mundo donde nada es lo que parece. Donde es fácil confundir lo bello y lo feo con lo bueno y lo malo y con la verdad y la falsedad. Donde lo real y lo imaginario conviven en tensa armonía. Donde la tierra no es tan redonda ni tan plana, el cielo no es tan azul ni tan blanco y "lo que se ve" no es tan "lo que es". Donde todo es tan creíble como increíble.

Mara sintió algo muy parecido a lo que experimentó cuando dejó de ser adolescente y se convirtió en mujer. Sintió un crecimiento, un aumento, un ensanchamiento, aunque seguía midiendo lo mismo; y no solo eso, sino que ese cambio le produjo una total satisfacción. Hasta entonces la felicidad era otra cosa: algo ñoño, primitivo, gastado, infantil. Con Exon la vida era otra vida. Uno más uno era más que dos. Mara sintió que había llegado a su lugar, sin haber imaginado jamás siquiera que ese puerto existía. Como el marciano que viaja a un planeta desconocido para llegar a su casa.

Fernando, dijo la abuela, pero quizá oyó mal. La vieja era buena persona y de Exon no tenía ninguna queja. Para qué darle más vuelta. Sin embargo, no podía dejar de pensar por qué todo estaba cambiando a partir de aquel desafortunado estruendo. Fue como si la abuela al irse despertara todos los fantasmas de la casa y estos no tuvieran mejor cosa que hacer que joder su pequeño oasis. Como si la abuela fuera "su" accidente. ¿Qué estaba pasando? Ella sabía de monte y de chichiricús, de miedos tangibles, pero no de espíritus etéreos entre cuatro paredes. De esas presencias se dicen muchas cosas. Se habla de almas que no acaban de abandonar del todo el mundo por algo material. ¿Materialistas? ¿Qué diría Marx al respecto? Se dice que a veces no asumen que han muerto. No se resisten a la idea de que la sopla-nuca se haya cansado de joder soplando y le quite de en medio de verdad.

Allí abajo había algo que la abuela despertó al reventarse la cabeza. ¿Se puede matar a algo que ya está muerto? Uno más uno puede ser más que dos pero no puede ser tres. Tres es multitud.

¿Isla o continente?

Cristóbal Colón o Robinson Crusoe debieron hacerse la misma pregunta que la después llamada "generación de los ochenta", "mala yerba", "renacimiento cubano", etc., se hizo: ¿isla o continente? «La Revolución universalizó la cultura, en una actitud patéticamente provinciana, hasta el punto en que esa cultura se creyó la universalización. Esa vanidad se intoxicó tanto con "su" mundo, que éste se convirtió en "el" mundo (el mapamundi de "Mundo soñado").» La isla se convierte en "el" continente, en el "mundo", pero no lo es. No puede serlo por muchas aspiraciones que esa cultura haya proyectado en la universalización. Colón, Crusoe, la después llamada "generación de los ochenta", "mala yerba", "renacimiento cubano", etc., se hicieron la misma pregunta y salieron en busca de respuestas. Cada uno según sus posibilidades, cada uno según sus necesidades, cada uno según su trabajo. Para ver de cerca hay que alejarse. Desde La Habana salieron muchas islas a descubrir "el" mundo que creían descubierto. Lo que descubrieron fue que las islas y los continentes están llenos de rincones con polvo sin cartografiar, que en la geografía mayor habita una geografía menor, que fuera de esa escala humana no hay nada.

El "mundo soñado" es un mito; el mapamundi viaja con quien descubre. Al final solo hay personas, individuos, semejantes; cada uno con su casa a cuestas.

Para Exon era hora de buscar respuestas. Estaba en el lugar adecuado, seguro, del momento que le tocó. Tenía más dinero que nunca; dinero que además no podía, ni quería, derrochar. Todos los "macetas" estaban entre rejas. La ostentación rodeada de miseria es un lujo que se paga caro. La envidia es insaciable. La vanidad es imperdonable y obscena. Exon podía vivir (para él era más que suficiente) pero no podía tener, aunque pudiera, todo lo que quisiera. Pudo verlo con sus propios ojos el día que las ratas, agitando banderitas de colores y cantando consignas, arrasaron con el carro del vecino; si, ese que quemaba al vecindario con la luz de su planta generadora. Tenía que buscar respuestas afuera así que decidió volver a México; aunque antes pintó para Wolf un retrato de Amelia Peláez, hecho por Leopoldo Romañach en los años 20. Había varios retratos registrados en archivo, así que era probable que hubiera más. Estudió su registro y lo plasmó en un lienzo más bien pequeño mientras las horas entre él y Mara se hacían más largas y tensas.

Pretendían llevar una vida normal, pero no era posible. Mara le culpaba y él, que sí tenía alguna explicación, no tenía respuesta. Al final se fue, hizo las maletas y volvió, esta vez solo, a México DF. Se lo comunicó a Mara un día como otro cualquiera, un día tan parecido a los otros, que ya no podría ubicarlo de nuevo.

–Tengo que volver a México. ¿Qué quieres que te traiga?

–Lo que tu quieras –fue su respuesta; que, en realidad, quería decir: «No hace falta que traigas nada, porque lo que quiero ya lo sabes y no creo que puedas traerlo».

Una verdad extraña

Cuando Exon llegó al DF, preguntó a sus parientes lejanos por su prima lejana y a su prima lejana por la rubia. Al día siguiente Exon templaba en su apartamento súper chic de la vecindad con seguridad privada a salvo de que les roben, secuestren o maten. El rifle funcionó a la perfección, como debía. No quedó bala en la recámara. ¿Qué pasaba con Mara? Él sabía, o al menos creía, que seguía enamorado. Le gustaba, le caía bien, le dejaba tiempo y espacio, le acompañaba, le mamaba (sustitúyase por: le daba todo sin pedir nada a cambio; sobre todo placer), le cuidaba y le echaba de menos. Solo tenía dos posibles causas: o era la casa o era ella. A él se le empinaba que daba gusto con la rubia que quería ser artista; que ni siquiera le gustaba tanto como Mara, ni sabía preparar un pan como la suela de un zapato como Mara, ni templaba como Mara, ni la echaba de menos, ni era más auténtica que Mara. La rubia no era nada del otro mundo. Mara sí que era de otro mundo. Llevaban ya dos años de armonía como dos dedos que pertenecen a la misma mano. Con la casa ya lo había intentado todo. Había consultado a los "especialistas" y puesto en práctica todas y cada una de sus recetas, por estúpidas y absurdas que le parecieran.

Había agotado las flores blancas y las cascarillas de todas las santeras del barrio. Hasta llegó a espolvorearse el rabo con aquél talco. Lo que fuera que pasara entre él y Mara tenía mucha fuerza; una fuerza que ni él, ni los babalawos, ni los santeros y santeras, ni los paleros podían parar. En resumen: no podía vender su alma al diablo porque no serviría para nada.

Exon aprovechó, entre noche y noche de desenfreno, en pleno disfrute de sus recuperadas facultades, para visitar la famosa Casa Azul, donde nació y murió Frida Kahlo, y respirar lo que fuera del aire de su universo que quedase por allí. Allí se confundían objetos de uso, objetos de culto, objetos de arte, objetos políticamente correctos de todo tipo, colores y texturas, milimétricamente organizados y limpios. Todo parecía arte por el simple hecho de estar allí dispuesto como estaba. La Casa Azul no era una casa sino un museo inhabitable. Era un espacio congelado y muerto pero, si no ibas cargado de demasiadas expectativas, podías salir ileso de la visita guiada.

Exon había cerrado la posibilidad de falsificar a Frida pero no de pintarla, aunque solo fuera en sus pensamientos. Ese imán de dolor le atraía de manera incontrolada. Su paleta de color era sobria, pero cargada de significados. La propia Frida lo escribió en su diario con alguna técnica seca de cada color y letra cursiva.

Probaré los lápices tajados al punto infinito que mira siempre adelante:
El verde: luz tibia y buena.
Solferino: azteca. TLAPALI, vieja sangre de tuna, el más vivo y antiguo.
Café:) color de mole, de hoja que se va, tierra.
Amarillo:) locura, enfermedad, miedo, parte del sol y de la alegría.
Azul:) electricidad y pureza, amor.
Negro:) Nada es negro, realmente nada.
Verde:) hojas, tristeza, ciencia, Alemania entera es de este color.

Amarillo:) más locura y misterio, todos los fantasmas usan trajes de este color o, cuando menos, su ropa interior.

Azul verdoso:) color de anuncios malos y de buenos negocios.

Azul marino:) Distancia. También la ternura puede ser de este azul.

Rojo:) ¿Sangre? Pues, ¡quién sabe!

¿Cómo se mezcla todo esto en una imagen? ¿Qué significa más locura y misterio? ¿Qué quiere decir locura, enfermedad y miedo al lado de la sangre y la ternura y la distancia? Es imposible saberlo, pero nada impide imaginarlo. Cuánto más conocía qué pintaba, menos sabía quién era. Eso le turbaba. Aunque su decisión estaba tomada, buscó pinturas y telas viejas en bazares, mercados y mercadillos. Compró cuadros antiguos sin importancia; cuadros que alguien pintó un siglo atrás para Exon. Las conexiones entre el pasado y el futuro son inextricables.

Un día antes de regresar Exon a La Habana, la rubia le juró que le amaba ahogada en llanto, que quería un hijo suyo y que no le olvidaría jamás. Él permaneció callado, inexpugnable y, en medio de la expectación suspendida confesó una mentira improvisada que escondía una verdad extraña: –Estoy casado, sabes –era una posibilidad. Ambos se habían limitado a fornicar sin confesiones absurdas y precipitadas, como si no hubiera pasado ni futuro, pero Exon, ante la intensidad, prefirió levantar un poco de muro. Por si acaso. Algo dentro lastimaba de lejos lo que fuera que sentía por Mara. La rubia desbordó la represa e intentando salvar la valla le confesó que estaba enamorada, que se sentía desgraciada y que tendría que vivir con ese dolor tan puro. La estrategia no dio resultado y pasó al ataque. Le insultó como no lo había hecho nadie antes; incluso le propinó un galletazo (traducido al mexicano era un manazo mayúsculo) que le torció un dedo.

Exon tenía billete para dentro de otros cuatro días, pero esa noche no durmió entre sus sábanas de artista emergente. Hizo las maletas, y salió directo al aeropuerto para coger el primer vuelo a La Habana. En la misma puerta de la vecindad se dio cuenta de lo perdido que estaba y mientras el guardia de seguridad llamaba a un servicio de taxis del aeropuerto la rubia marcaba el mismo número ocupado del guardia de seguridad para denunciar un robo con fuerza. El guardia, por alguna razón desconocida para Exon, no se dio por enterado: –Por aquí no ha salido nadie que corresponda a esa descripción señorita licenciada –respondió ante la incredulidad de la rubia porque cualquiera que tuviera que salir de aquella jaula para pájaros o pecera para peces o cárcel voluntaria, hacia la gran jauría, tenía, sí o sí, que hacerlo por esa puerta.

El arte es una mentira que nos hace darnos cuentas de la verdad.

Pablo Picasso

En un silencio incómodo e inconcluso

A su regreso Exon le pidió a Mara alquilar una habitación en un hotel en la playa, lejos de esa casa. No podía explicarle del todo su "teoría", así que le dijo a medias, que quizá aquella casa tenía algo que ver en su "extraña" impotencia. Mara no tenía tan claro la relación, pero teniendo en cuenta esos sonidos extraños de piano que parecían venir de abajo y algunas otras cosas raras, que se movían o desaparecían, accedió a su propuesta. Reservar en un hotel, en la playa, era muy difícil, imposible. Exon telefoneó a su padre en una de esas escasas llamadas de año en año que solía hacerle y le suplicó, hasta que accedió, que le consiguiera esa reserva. –Aunque solo fuera por un fin de semana –le imploró. Su padre, siempre generoso a los designios de su hijo, levantó el auricular y consiguió una semana para un matrimonio en el hotel Mar Azul, en Santa María del Mar. A Exon le importaba poco, más bien nada, que cada vez que alguien del Hotel lo mirara, sospechara que sospechaba de él; gajes del oficio paterno. Solo le preocupaba salvar su "matrimonio", nunca oficializado.

Llegaron al hotel una hermosa tarde de un viernes cualquiera, de un mes de buen tiempo y luz Sorolla. Se instalaron. Nada más entrar en la habitación y encender el aire acondicionado, Exon cerró los ojos y tuvo una erección. Mara se precipitó a chupársela mientras se desgarraba con torpeza la ropa. Él también mamó y dio abundante pinga, como en los viejos tiempos. El misterio parecía resuelto, pero al día siguiente la cosa bajó de intensidad en el momento más inoportuno. La merma no arruinó el acto, pero sembró la duda. Se podría decir, resumiendo, que el motor de Exon funcionó con irregularidad. A veces bien, a veces mal (lo que reparaba de inmediato con sus facultades libatorias). Del 0 al 10, aquella semana se podía calificar de 5.1, aprobado casi raspando. La casa parecía jugar algún papel en la fórmula, pero no era lo único. Había alguna variable sin despejar en Mara, que se le escapaba. Las mujeres tienen la suerte, en estos casos extremos, de no tener que mantener inflado un trozo de carne con sangre. Mara solo era impedida de venirse cuando la máquina de Exon fallaba del todo. No fingía. Le gustaba pregonar sin pudor su satisfacción. No reparaba en gritos y contorsiones hasta que su gozo quedaba saciado. Pero eso requería un tronco firme y no un tallo flácido que se saliera del tiesto al primer zarandeo. No era ella. No era él del todo.

Por fortuna lo hablaron. Él le explicó, todo lo bien que se puede explicar con palabras, cuánto la deseaba, cuánto le gustaba, cuánto disfrutaba de los panes que preparaba como la suela de un zapato, cuánto era para él de otro mundo. Mara lloró sin explicarle cuánto lo deseaba, cuánto le gustaba o cuánto era para ella de este mundo. Todo quedó ahí, en un silencio incómodo e inconcluso.

Esa enfermedad romántica, la originalidad, vemos por todas partes a nuestro alrededor la originalidad de idiotas incompetentes, no saben dibujar nada, no saben pintar nada, y precisamente por eso la porquería que hacen es original... Quién quería ser original hace apenas doscientos años, ser original era admitir que no podías hacer una cosa de la manera adecuada, por lo que solo podías hacerla a tu manera. Cuando pintas no tratas de ser original, solo piensas en tu trabajo, en cómo hacerlo mejor, y por eso copias a los maestros, solo a los maestros, pues con cada copia de una copia la forma degenera... no inventas formas, las conoces, *auswending wissen Sie*, de memoria...

Fragmento de *Los reconocimientos*, William Gaddis.

Como se nos muera aquí

La barca de Exon navegaba, se movía desde la nada hacia la nada, con más probabilidades de hundimiento que de flotación. Wolf trajo más encargos y Bebé cada vez pasaba más seguido por allí. Ya no iba a beber agua sino a oír música, a tocar la guitarra, a dormir la siesta, a tomar té y a charlar con Mara. Al final Exon optó por fingir que no estaba, pero Bebé descubrió que para Mara siempre estaba. Ella le abría la puerta, le invitaba a pasar, le aguantaba la coba y eso a Exon le mortificaba... algo. A veces le parecía que era un entretenimiento más, a veces que era una herramienta de tortura. Poco a poco Wolf llegó a ahorrar el dinero que necesitaba para emigrar a Australia en un crucero un par de veces si quisiera y Exon llegó a tener dólares para comprar, en teoría, varias casas y vivir de la renta varias vidas pero, en la práctica, debía vivir una sola vida espartana, semi-miserable, sin aspavientos.

Dos o tres meses después de su escapada mexicana, la rubia que quería ser artista, con la que podía singar como Dios manda, se presentó sin previo aviso en su casa de La Habana. Tocó a la puerta y abrió Mara.

–¿Tú debes ser la esposa de Fernando, no? –le preguntó y en su pregunta había dos palabras que separadas parecían irreconocibles y juntas explosivas: esposa y Fernando.

–¡¿Qué?!

Exon, digo, Fernando, estaba arriba. Pudo sentir de inmediato el boquete que se abría debajo de la línea de flotación de su barca. Era su naufragio total. Resumiendo, la rubia estaba embarazada de ese hombre que llamaba Fernando, al que Mara llamaba Exon. La prima lejana de la familia lejana se puso en contacto con la madre desconocida, que se alegró de que su hijo no fuera homosexual y se disgustó por la eminente posibilidad de ser abuela, y el disgusto pudo más que la alegría y se lo contó a su marido, fundador de la contrainteligencia cubana y comecandela desde la Sierra Maestra, que estaba informado a la perfección de todos los movimientos de su hijo, dada la naturaleza de su currículum y la enorme red de influencia que debía tener por toda la isla. Su padre, que por supuesto lo sabía, reaccionó como si fuese traicionado y ordenó a su mujer que le diera su dirección exacta en La Habana. Ella lo miró extrañada porque no sabía que él supiera donde vivía su hijo, pero estaba demasiado afectada con eso de ser abuela y no quería más arrugas del disgusto y entregó a su hijo para que asumiera su responsabilidad.

Mara no supo muy bien si presenciaba la explosión de una bomba atómica como la de Hiroshima o el hundimiento del Titanic en medio del hielo; pero sabía, sin duda, que no era protagonista, sino damnificada. Todo a su alrededor era falso. Todo era mentira y lo peor, lo peor de lo peor, es que ella la había creído. Se sintió estúpida, imbécil, idiota, retrasada, deficiente, subnormal, tonta, lela, mema, cretina, necia, insensata, borrica, gil, pero no en minúsculas sino en mayúsculas, a lo universal, a lo monstruo, de manual, de academia.

Era la más crédula, inocente, ingenua, cándida, simple, incauta. No era la más imbécil, por imbécil. Su orgullo no estaba herido sino arrasado. Si hubiera podido los habría matado allí mismo a los dos pero, por suerte, no tuvo nada hiriente, cortante, incisivo, lesivo, a su alcance. No tuvo un fósforo para pegarles candela. No tuvo un hacha para decapitarlos. No tuvo un cuchillo oxidado para provocarles una septicemia. No tuvo una cámara de gas para asfixiarlos. No tuvo ni siquiera fuerzas para moverse y la frustración que sufrió fue tal que colapsó. El ruido del impacto de su cabeza contra el suelo se sumó al de "la abuela" en aquellas paredes retumbantes y su cuerpo ocupó la silueta imaginaria de tiza blanca del contorno de su cadáver en el suelo. Todo sucedió más rápido de lo que sucedió.

La rubia sintió un aguijón en el vientre, como si alguien le clavase un cuchillo herrumbroso con mantequilla y comprobó que sangraba. Una sangre roja y espesa corría entre sus piernas y manchaba su vaporoso vestido blanco de encaje. Gritó como una loca con el poco aire que podía aspirar, pero no pudo resistir a su hematofobia y cayó desplomada sobre la silueta imaginaria de tiza blanca del contorno de un fantasma asesinado en el suelo.

Exon salió corriendo a pedir auxilio; es lo que se suele hacer en estos casos donde casi nadie tiene carro para trasladarse, teléfono para llamar a urgencias y no hay taxis que alquilar para llegar al hospital. Otra vez acudió todo el vecindario y atónito ante tanta extravagancia corrieron izando los cuerpos en busca de ayuda. Al final una camioneta recogió a las desfallecidas, Exon y dos o tres voluntarios y llegaron a urgencias.

Se armó un lío tremendo, porque allí no podían atender a extranjeros, mientras que reanimaban a Mara con un poco de éter en otra salita. Al final alguien puso algo de sentido común:

–Como se nos muera aquí sí que se nos va a caer el pelo – sentenció y con la sentencia pospuso cualquier futuro problema migratorio a la posteridad. La mexicana había sufrido un aborto, tuvieron que ponerle una transfusión de sangre y hacerle un legrado, pero todo salió bien.

Cuando Mara recuperó el aliento rellenó los papeles que le exigieron sin dirigirle la palabra a Exon y salió por la puerta del Hospital hacia su casa. Exon gimoteó y balbuceó miles de palabras que Mara no escuchó. Levantó el brazo en señal de *autostop* y en el primer carro que paró se subió sola, como si Exon fuese transparente o no existiera. Desapareció en medio de la oscuridad de un apagón y el humo contaminante de aquel engendro de cuatro ruedas.

Exon no sabía qué hacer. Se sentó en el contén de la acera y se sostuvo una cabeza que parecía separada del cuerpo, sin capacidad para decidir si tirarla al espacio como el mono de Kubrick tiró el hueso o si reventarla contra el suelo. Una guagua pasó muy cerca a propósito, lo justo para bañarlo con agua puerca de un charco. Exon reaccionó y se acordó de la mexicana. Cuando regresó al Hospital preguntando por ella tropezó con su padre y varios "compañeros"; todos con gafas de aviador idénticas muy discretas. –Vete a casa. Ocúpate de tu mujer que de esta nos ocupamos nosotros –le ordenó.

El agujero del cero

Exon obedeció. Cuando llegó a casa se encontró a Mara encerrada en la habitación y una sábana y una almohada tirada encima del desvencijado sofá del salón. El mensaje estaba claro. No quería verlo, ni en pintura. La buena noticia era que no se había ido. Lo cierto es que estaba convencido que jamás volvería a verla. La mala noticia es que en realidad se había ido a un sitio que parecía de no retorno. Lo cierto es que no tenía ni idea de dónde.

Exon se fue a la terraza y miró al techo (un cielo encapotado sin estrellas) desde su trono. Su vida estaba acabada, la isla, el continente. ¿Qué podría llevar consigo a cada lugar? Nada. Cogió una botella de Vodka azul SKYY de 40% de alcohol y puso *Big Science*, de Laurie Anderson. Todo estaba en silencio. Un silencio molesto e inacabado. Has perdido Fernando. Ya no hay nada alrededor, quizá de claridad, que brille para los dos. Ya no hay protección. Has perdido Fernando. Has perdido.

Estas solo con todo el dinero del mundo. Estas vendido con toda la libertad del mundo. Estas perdido en el momento y lugar adecuado. Nada puedes hacer Fernando. La mierda se lo tragó todo. Exon murió aquella noche. Algo más doloroso que el calor del alcohol ardiendo, el dolor de una soga en el cuello o el filo de una navaja en la aorta, se lo llevó.

Adiós Exon. La nada habita donde quiera porque no ocupa lugar. En lugar de llenar, vacía. En lugar de vivir, muere. Estas acabado Exon, por mucho dinero que tengas, por mucho don que tengas. Hay cosas que no pueden volver. Nunca sabrás quién te puteó primero. Si fue el Estado, si fue "la abuela", si fuiste tú mismo. Si fue de todo un poco; pero esta claro que has llegado al agujero del cero.

Algo hizo *track*

Mara amaneció un día cualquiera, de un mes cualquiera, en una realidad cualquiera, después de 30 horas ininterrumpidas de sueño. Se había encerrado con un puñado de barbitúricos en el estómago dispuesta a rendirse. Una isla de mierda, un mundo de mierda, una vida de mierda. Demasiada mierda. ¿Para qué prolongar más el simulacro? Mara era joven, tenía una vida por delante de la que solo veía una muerte por delante. Socialismo o muerte. Pero ni socialismo, ni muerte. Ni pastillas, ni ganas. La muerte es un puta sopla-nuca. No corre para alcanzarte. Lo puede hacer cuando quiera. Te sopla en la nuca para joderte, para que la pases puta, para que tengas miedo, para que sufras. Es como un gato que juega con el ratón hasta que pierde las ganas. No mata por hambre, ni por necesidad, mata por afición, porque es lo único que sabe hacer y no puede evitarlo.

Cuando abrió los ojos no vio el infierno como esperaba (del paraíso no tenía noticias). Vio el mismísimo infierno que no esperaba ver, del que quería huir a toda prisa. Le dolía la cabeza, le dolía el estómago, le dolían los ojos y la mandíbula, los ovarios, las tetas, le dolía todo, como si se hubiera dado un festín de ciguatera. Corrió al baño y vomitó una baba larga y espesa entre unos espasmos insoportables. Pensó que estaba sola. Llenó un cubo con una latica y se aseó lo que pudo. Fernando estaba desmayado en la terraza. Se topó con él al salir en busca de luz. Por suerte no hablaron. Algo hizo *track* en su interior. Rellenó la latica con agua. Se sentó a horcajadas sobre él y tiró el agua en su cara. Fernando volvió en si asustado. ¿Quién sabe qué estaría soñando? Le costó reconocerla. Aún sabiendo que era ella, sabía que ya no era ella, que quizá nunca más sería ella.

–Escúchame bien… Fernando –le dijo con voz baja–. No se cómo has podido hacerme lo que me has hecho. No lo se, ni quiero saberlo. No se ni siquiera quién eres –hizo una pausa midiendo cada una de sus palabras–, así que ni siquiera se muy bien quién me lo ha hecho. Ni me importa. Sabes… lo único que siento es rabia. Una rabia que no había sentido nunca. Mucha rabia; tanta, que me asusta. Si quieres que me vaya, me iré. Ahora mismo. Solo tienes que decirlo: vete, y me iré. Pero si no lo dices, me quedaré y te haré pagar hasta que se me acabe esta rabia que tengo y todo el dolor que tengo. Ahora tienes la palabra.

Fernando intentó incorporarse pero Mara parecía una lápida.

–No quiero que te vayas… –respondió e intentó hilvanar una sarta de perdones pero Mara la cortó en seco.

–No quiero que digas nada más. Solo te he preguntado si quieres que me vaya. No te estoy amenazando, pero piénsalo bien. Ahora mismo hasta yo tengo miedo de mí misma.

–No quiero que te vayas –repitió Fernando.

–Te he dejado elegir. Si te arrepientes serás tú el que tenga que irse. ¿Te queda claro?

Fernando no respondió. Estaba cagado de miedo, pero no quería perderla aunque ya la hubiese perdido, aunque ya no pudiese recuperarla. Mara se levantó y salió dando un portazo.

Quizá fuese el viento. Quizá fuese el largo y desvencijado muelle que la cierra a cal y canto como un brazo invisible mediante un sofisticado mecanismo desengrasado. Quizá fuese la puerta que cerraba el túnel abierto entre un mundo y otro. Algo hizo *track* en su mundo de mierda. Algo tan fuerte como lo que derribó el muro de Berlín. Algo capaz de dividir el tiempo en antes y después, en socialismo y muerte. Algo que solo pasa una vez cada muchas vidas y que es capaz de provocar un tsunami al otro lado del Atlántico mientras Fito Páez canta:

No se pasa el tiempo al menos para mi
Ya tome pastillas y sigo sin dormir
Miró a los costados y nada que amarrar
Ya no existen lazos, alguien hizo track, track, track

Lo falso es tan verdadero como la verdad más absoluta

Cuando Mara volvió no parecía rabiosa, ni dolida, ni humillada. Entró en casa como cualquier día y hablaron casi como cualquier día. Pero no era cualquier día. Después de la comida, Mara puso una sábana en el sofá y cerró la puerta de cristal que delimitaba el salón de la habitación. No dormirían juntos. Exon (Mara durante todo el día siguió llamando Exon a Fernando; quizá porque todos los conocidos y los conocidos de los conocidos así le llamaban y no quería estropearle su negocio, que en definitiva le perjudicaría a ella; quizá por costumbre) pensó que: o el castigo era ese, vivir juntos pero no revueltos, o que, teniendo en cuenta lo mal que funcionaba su maquinaria, lo cierto es que daba igual. No le excitaba lo más mínimo.

Exon, en cuanto pudo, llamó a su padre.

–No te preocupes, no vas a ser padre, ni yo abuelo, ni la vas a volver a ver en tu vida –le dijo con una voz que parecía muy cercana y lejana a la vez. Más o menos, sin resumir, fue así. Exon no supo si no la volvería a ver porque "ella" no tendría la posibilidad de verlo o porque su padre le privaría a "él" de la posibilidad de verla, pero su padre solía ser así de categórico y no solía equivocarse; dada la naturaleza de su currículum y la enorme red de influencia que tenía por toda la isla y, quizá, fuera de la isla.

La convivencia era más que anómala. Todo parecía ir como siempre: hablaban con normalidad de cualquier cosa (aunque quizá Mara a veces con algo de sarcasmo, a veces con algo de malas formas) menos de "lo ocurrido". Pero nada iba como siempre: el contacto físico se había reducido a un pequeño roce inevitable en la cocina y poco más.

La época del te adoro, los besos, el sexo, había terminado. Exon podía verla salir desnuda del baño, podía verla desnuda en el vidrio traslúcido de la puerta de cristal que delimitaba el salón de la habitación, podía oírla como se venía con sus juguetes, podía imaginarla pajeándose, pero su intimidad seguía infranqueable. Exon pensó que era cuestión de tiempo; que solo era cuestión de redimirse, de mostrar suficiente arrepentimiento, de causar un poco de lástima, y todo volvería a la normalidad. Pero ella se lo había advertido. «Si quieres que me vaya me iré. Ahora mismo. Solo tienes que decirlo. Vete y me iré. Pero si no lo dices me quedaré y te haré pagar hasta que se me acabe esta rabia que tengo y todo el dolor que tengo. Ahora tienes la palabra». Y su palabra fue: «No quiero que te vayas». Y seguía sin querer que se fuera y empezaba a ser consciente de lo importante que era Mara para él. Empezaba a notar el lugar que ocupaba en su vida. Empezaba a sopesar qué debía pagar por ello.

Un día Mara llegó a casa con Aurora, otra enfermera. – Tenemos exámenes –anunció Mara–. Así que Aurora se muda aquí, hasta que terminemos –No lo preguntó, lo informó y Exon, el castigado, no tuvo oportunidad de decidir. A él no le importaba, por supuesto. No era la primera vez. Lo que sí era la primera vez era que Aurora, en lugar de dormir en el sofá, ocuparía su lugar.

Esa primera noche, Exon pudo ver no una sino dos siluetas desnudas en el vidrio traslúcido de la puerta de cristal que delimitaba el salón de la habitación. No le dio importancia;

solo eran dos siluetas desnudas. No eran dos siluetas mordiéndose, ni metiéndose una dentro de otra, sino solo dos hermosas mujeres cambiándose o quitándose la ropa. Sintió vergüenza de sí mismo y se durmió pensando en nada. Sin embargo, a media noche sintió "movimientos" en la que hasta hacía nada había sido su habitación. Le pareció escuchar gemidos, suspiros, quejidos, risitas, roces. Le pareció tan real como los sonidos del piano. No se atrevió a abrir la puerta. Ni a imaginárselas con sus juguetes. Ni a fantasear con ellas masturbándose y calentándose. Prefirió pensar que había sido una especie de sueño erótico tan extraño como los tiempos que corrían; algo tan esotérico como los sonidos del piano.

Al día siguiente todo siguió como siempre. Mara de hecho salió desnuda del baño secándose el pelo como si Aurora no estuviese. Tomaron café los tres en la cocina y luego ellas se marcharon. Exon pasó todo el día con otro encargo de Wolf; esta vez algo súper fácil: un Raúl Martínez. Parecía contradictorio que algún funcionario extranjero quisiera un cuadro que loa a la Revolución, en el mercado negro del arte, pero teniendo en cuenta que ni siquiera había un mercado de otro color, ni estaba tan claro que Raúl Martínez loara de verdad a la Revolución con sus revolucionarias posturas, quizá no había ninguna contradicción. El pedido era de un Raúl Martínez homoerótico. Algo fácil de pintar pero difícil de imaginar porque, en la práctica, era imposible encontrar rastro documental de esas obras. A Wolf se le ocurrió una idea mejor. Ir a su casa y sonsacarle la información necesaria. No fue difícil. Exon llamó a algunos de sus antiguos profesores de San Alejandro (Raúl fue alumno de San Alejandro) y a través de uno de estos consiguió su número de teléfono y llegar a su puerta en el barrio del Vedado. Exon se presentó como un gran admirador de su obra (cosa cierta cien por cien) y se sintió sucio, puerco, cochino en extremo, ante la extraordinaria hospitalidad y amabilidad de Abelardo y Raúl.

Ellos pensaron que Wolf y Exon eran *gais* y no tuvieron problemas para enseñar todo lo que Exon quería ver de esas obras. Hasta le regaló una reproducción de una. Pero todo eso fue después. El día que Mara y Aurora llegaron juntas al Hospital y regresaron juntas a casa, Exon solo daba vueltas a la idea de semejante encargo. En realidad, en la obra de Raúl Martínez, si sabías "mirar", podías "ver" pingas dondequiera. En medio de las caras risueñas, de los héroes y mártires, las vergas emergen como astas inalcanzables, inflexibles, inagotables, de todos los tamaños y colores.

Esa noche frieron unos huevos, tomaron jugo de piña y, después del estudio, la noche empezó como la anterior. Exon pudo ver dos siluetas desnudas en el vidrio traslúcido de la puerta de cristal que delimitaba el salón de la habitación. Pero las siluetas esta vez, se confundían una contra otra, una dentro de otra. Empezó a escuchar gemidos, suspiros, latidos, ruidos de objetos al caer al suelo por descuido. Dudo si abrir la puerta. Era su puerta, pero no era su intimidad. Incluso vio dos manos apoyarse en el cristal. Dos manos que se prologaban en unos brazos, que se prolongaban en un cuerpo desnudo, que quizá se prolongaban en otro cuerpo desnudo. La puerta se abrió, se entreabrió lo suficiente como para estar tan abierta como cerrada. Exon no pudo más. No sentía celos, ni enfado, ni dolor. Sin ningún tipo de duda alucinaba, deliraba, tanto, que quizá podía tratarse de un sueño y no de la realidad, por mucho que viera la puerta entreabierta, la luz, los cuerpos. No pudo más. Empujó la puerta y ahí estaban mamándose una a otra. Pudo verlas ondulando, gozando, ebrias. En definitiva, Exon era el ser transparente que decía siempre la verdad; aunque la verdad no exista. La verdad es solo una utopía, una falsa utopía tan auténtica como su falsa vida. Lo falso es tan verdadero como la verdad más absoluta. No había más que mirar alrededor.

Ellas no se detuvieron. Lo ignoraron. Aurora gimió más fuerte. Agarró con fuerza la cabeza de Mara y la restregó contra su bollo entre convulsiones y espasmos. Mara levantó su cabeza con el pelo enmarañado. Se sentó sobre la boca de Aurora y le ordenó, mirando fijo a Exon: –Mama cabrona, chupa, muérdeme. Pellízcame los pezones. Cojones. Méteme la mano en el culo. Mama coño que me vengo. ¡Ahora! ¡¡Ahora!! –y soltó un alarido que estremeció el vecindario. Solo cerró los ojos en ese momento. Después se dejó caer en la cama y la abrazó. –Apaga la luz –le ordenó Mara. Exon obedeció y regresó al sofá con los huevos colgantes de babilonia y el pingajo deslecha'o a media asta. En ese momento, solo en ese momento, supo de golpe lo que era la desolación.

El Comité de Autentificación de Warhol estampó sellos de autenticación a las 40 cajas de Brillo producidas por Pontus Hultén y compradas por el marchante belga Ronny van de Velde en 1994 por 640.000 libras. Tampoco Warhol hizo, ni supervisó, ni siquiera vio, ninguna de las más de 100 cajas producidas para Estocolmo en 1968; según Hultén, producidas con su venia. Warhol diluyó la distinción entre producto del artista y reproducción mecánica hasta el punto que el factor decisivo en la autentificación de sus obras no es si su mano tocó o no la obra, o incluso si la aprobó antes de su venta, sino «su presencia», si la obra contó con su supervisión directa. Tampoco Warhol hizo, ni supervisó, ni siquiera vio, las 105 cajas que Hultén encargó a dos carpinteros en la galería Malmö Konsthall en Suecia para una exposición de *pop art* en Rusia, en 1990.

El Comité de Autentificación de Warhol anunció su cierre en octubre de 2011. Después de su disolución la autentificación de las obras de Warhol se debería realizar siguiendo el mismo proceso que se usa para todos los artistas. Esto es, "buscar opiniones de reconocidos expertos en la obra del artista en cuestión, y analizar su procedencia: quién lo había poseído antes, quién lo había exhibido, y qué etiquetas llevaba detrás".

Fragmento de *Los restauradores*, Lino García.

La decisión de Exon (primera parte)

A la mañana siguiente, Mara le dio un beso de despedida. Un beso similar al que da una madre a su hijo cuando se va al trabajo. Exon no supo si era una muestra de que Mara empezaba a mitigar su rabia y su dolor o una burla, una mueca, un pequeño avance de lo que sería su calvario. Él lo había decidido. «No quiero que te vayas». Era su palabra de "hombre", aunque no tenía demasiado claro si, en realidad, se comportaba como un "hombre"; al menos de lo que se esperaba de un "hombre". Nadie parecía saber qué ladrillo podía provocar que todo se viniera abajo, pero podía intuir como se movían "sus" ladrillos. Empezaba a lamentar, de manera muy acusada, la acumulación de mentiras y verdades, pero lo cierto es que no sabría vivir de otra manera. Había aprendido a decir lo que no quería decir, a no decir lo que quería decir, a camuflarse, a mimetizarse, a transparentarse, a desdoblarse. Por eso era un sobreviviente. ¿Y si todo fuera cierto? ¿Y si todo fuera falso?

Exon tuvo que elegir entre dos alternativas y eligió. «No quiero que te vayas», fue su decisión. ¿Podría soportarlo? ¿Debería soportarlo? ¿Querría soportarlo? Eso era otra cosa o, al menos, parecía otro cosa. Esa tarde Mara regresó sola a casa.

–¿Hoy no viene tu amiga? –preguntó Exon más que cauteloso.

–No. Hoy va a casa de Úrsula.

–¿A singar? –no pudo evitarlo. Apenas la mierda salía de su boca sintió que tiraba un petardo en un almacén de pólvora.

–¿Qué has dicho?

–Nada –pero como la estupidez es infinita y la incontinencia verbal incontrolable, continuo–. No sabía que te gustaban las mujeres.

–Pudiera fingir que no te he escuchado, pero no lo voy a hacer. Yo tenía una opinión más elevada de ti "artista antes llamado Exon". Pero ahora mismo da igual porque es imposible que superes lo pobre que es esa consideración. En el fondo, en el fondo, me gustaría creer que algo en el mundo se ha desajustado, algo ha hecho *track*, se ha roto y me gustaría pensar que se arreglará. Por eso no me fui directamente y te di a escoger. ¿Sabes Exon? Yo no sabía que me gustaban las mujeres de la misma manera que no sabía, que ni remotamente podía imaginar, que un día te iba a odiar. No lo sabía porque ¿a lo mejor me dijeron todo el tiempo que eso era horrible? ¿una enfermedad? ¿asqueroso? No se. Lo que si te puedo decir es que no lo buscaba, surgió y si, me gustó. Me gustó tanto como me gustaba hacerlo contigo y con algunos de los que dejé que se metieran dentro de mi antes que a ti. Tenía ganas, sabes. Me gusta el sexo. Eso lo sabes bien, de sobra. También sabes que esa impotencia prematura tuya es un grave problema. ¿No te parece que es bueno para mi salud que singue? En definitiva estoy haciendo lo mismo que tú, aunque con una diferencia. Sin mentir. No te he engañado Exon. Abrí la puerta para que lo vieras. Esa es la gran diferencia.

Exon permaneció callado. Sintió una vergüenza tan grande que era incapaz de traducirla en palabras. Empezó a llorar. A llorar de verdad y se dio cuenta que nunca había llorado; al menos así, con esa necesidad y sinceridad y cuando empezó a escampar pidió perdón con sinceridad, una sinceridad tan desconocida que hasta se sintió afortunado de experimentarla. Mara le abrazó y lo acostó en sus pechos y le acarició el pelo y le dio un beso de bienvenida. Un beso similar al que puede dar una madre a su hijo cuando llega del trabajo.

A mediados de los años 80, Mark Landis decidió hacer pasar sus obras por piezas originales. En esas fechas donó una pintura a un museo en California diciendo que eran creación del artista estadounidense del siglo XX Maynard Dixon, esposo de la también célebre fotógrafa Dorothea Lange. Durante décadas, este norteamericano fue considerado un importante, y sobre todo excéntrico, coleccionista de arte. Un hombre tan generoso como para regalar decenas de cuadros a museos e instituciones de todo el país. El único problema es que todas y cada una de estas piezas fueron pintadas por él.

La principal razón del éxito de su falsificaciones fue que ninguna institución podía concebir que un maestro falsificador fuera a donar posteriormente las obras sin esperar nada a cambio. De hecho, fue imposible imputarle ningún delito; al no haber un intercambio de dinero por las falsificaciones. Si alguien debió pagar por el engaño eran los engañados, los directores de museo que no se habían molestado en estudiar la autenticidad de las obras donadas, demasiado preocupados en decidir dónde iban a colocarlas en sus galerías.

Mark Landis siguió produciendo falsificaciones de arte desde entonces. Este hombre con problemas mentales solo quería sentirse admirado.

Fragmento de *Los restauradores*, Lino García.

El puto dueño y señor del universo

Un par de días después, Aurora regresó y saludó a Exon como quien saluda al suegro o a un cuñado y luego se encerró con Mara y volvieron los gemidos, suspiros, latidos, ruidos de objetos al caer por descuido al suelo y Exon no sintió celos, ni enfado, ni dolor, sino normalidad; como si fuera su hermana y no su mujer quien fornicara en la habitación contigua. En lugar de abrir la puerta, se sentó en pelotas en su poltrona favorita en la terraza y se bebió una cerveza fría escuchando a Laurie Anderson y mirando al cielo. «Necesito una hamaca», pensó y quizá lo que quería pensar era que dormiría mejor en el patio. Allí no tenía aire acondicionado pero, cerca de la medianoche, podría incluso sentir frío.

Exon descubrió algunas constelaciones. Siempre le costaba trabajo identificarlas, pero no esa noche. Había estrellas por todo el firmamento y la luna brillaba grande y llena ocultando, como siempre, su lado oscuro. Al poco rato vinieron las dos desnudas, envueltas cada una en una sábana, y se sentaron con él y estuvieron hablando de los exámenes y del Hospital y Mara se sentó a su lado y Exon pensó que quizá, si tuviera una hamaca, se habría acostado a su lado.

Quedaban unas cuantas cervezas frías; las suficientes para que pareciese una celebración, las necesarias para que no pareciese una ostentación. Y se bebieron las cervezas frías escuchando a Laurie Anderson, aunque Aurora era la primera vez que la oía y Mara nunca le había hecho caso.

Terminaron los exámenes. Las dos aprobaron; con buena nota incluso. Les esperaba el último año y Aurora se mudó a la casa. En realidad era como una beca. Pasaba toda la semana con los dos y volvía con sus padres el fin de semana. Mara dejó de mirarlo extraño. Exon notó incluso hasta cierta ternura. No esperaba su perdón. Esperaba solo que se quedara. No estaba mal, de hecho. De una forma rara, no solo no se sentía solo, sino todo lo contrario. Se sentía querido. Sentía que su felicidad era una manera, heterodoxa tal vez, de perdonarlo. Pero Mara nunca había sido como el resto. No era más culta. No era más inteligente. No era más linda. Era más auténtica. Era lo que él quería a su lado. En esos días vivieron tranquilos, en paz y, se podría decir, en armonía.

Wolf venía a cada ratos con entregas y recogidas, encargos o simplemente… de visita. Se acostumbró a ver allí siempre a los tres. Un día que estaban solos, le confesó a Exon:

—Asere, yo pensaba que usted era un monstruo, pero te juro que me quedé corto… Usted es un Animal, con A mayúscula —Exon no sabía con exactitud si aquello era bueno o malo. El animal podía ser un toro o un venado, por ejemplo—. Bróder, ¿cómo pinga usted se las arregla para vivir con dos jebas? —Exon se hizo el loco. En realidad era mejor no responder aquella pregunta. Wolf lo tomó como un gesto de modestia. Para Wolf… ¡Exon era el puto dueño y señor del universo! Wolf era un tipo muy inteligente y leal, también temerario, pero simple; igual que el 99% de los hombres. «¿Quién es más macho?», pregunta Laurie.

Para Wolf el que tiene dos mujeres o tres o más. Ése es más macho. «Negativo» diría Laurie. «Exon es más macho, porque no es machista».

Exon se había prometido no volver a mentir, pero tuvo que hacer una pequeña excepción. Podía imaginar con todo rigor lo que Wolf opinaría si supiera la verdad. De cierta manera no lo hizo. Mentir no es lo mismo que ocultar la verdad. Exon dejó que Wolf se creyera lo que pensaba, que es muy distinto. Era cuestión de tiempo que Bebé apareciera por allí. Wolf era discreto pero saber algo así no tiene valor si no se comparte con otros machos. Es como acostarse con Claudia Schiffer sin que nadie se entere.

Bebé apareció como siempre y pudo comprobar con qué cariño trataban las dos a Exon y el ambiente de creatividad y distensión que se respiraba en la casa de arriba. Sintió una envidia enorme pero no consiguió, por mucho que lo intentó, a ninguna voluntaria que quisiese vivir junto con él y la Mimirrica en el solar; ni siquiera de la escuela de enfermería.

Quiero que seas mi "nada"

Un día Aurora desapareció. Mara no dio explicaciones, ni pareció estar afectada. Todo, excepto el sexo, tal y como lo conocían, volvió a su normalidad. De hecho Mara le dejó que volviera a lamerle su clítoris y volvió a tener sendos orgasmos entre juguetes y la buena voluntad de Exon por satisfacerla. Exon, por otra parte, conectó con una antigua compañera de San Alejandro. Fue en una exposición que terminó en la cama de su amiga en Centro Habana. El cañón disparó a las 9:00 PM como debía y Exon se contentó con repartir dentro y fuera de la casa sus experimentos sexuales. De cierta manera se sentía perdonado. La rubia, como prometió su padre, desapareció incluso de sus recuerdos. Exon no volvería jamás a México y, si tuviera que hacerlo, se aseguraría de viajar de incógnito. Sin embargo Exon no fue capaz de compartir su secreto con Mara. Ella pensó que estaba castrado y él dejó que se lo creyera. No estaba orgulloso, pero aunque podía controlar no mentir, aún no había aprendido a no ocultar la verdad; dos cosas muy distintas.

No obstante todos estos pequeños cambios, Mara siguió ocupando la habitación contigua al salón y Exon el patio. Consiguió una hamaca de macramé y se acostumbró a dormir bajo el firmamento. Solo cuando tronaba o llovía se metía para dentro y Mara le daba cobijo. Se abrazaban y dormían un sueño sosegado y profundo. De cierta manera Mara era cada vez más como Frida Kahlo y Exon como Diego Rivera. ¡Qué cosas!

En ese estado de recuperación de confianza, Exon pensó contarle a Mara el secreto que ocultaba detrás de "su" pared literaria, de su falsa pared. Pero decidió posponerlo. En definitiva no mentía, tan solo ocultaba la verdad. No obstante, decidió "mover" los ahorros de su escondite a un lugar común. Mara disponía del dinero que necesitara desde la pequeña y vieja caja de metal rotulada en negro y rojo con: FIRST AID, EMERGENCY USE ONLY, llena de billetes de 20 y 10 dólares en el fondo del estante más alto. Pero desconocía que eran "ricos", asquerosamente "ricos". Exon pensó que ganaba un paso de verdad si sacaba el dinero de su lugar desconocido. Así que eligió la estantería más visible del salón. Una estantería llena de libros viejos, al lado de una ventana, no muy grande, clausurada. Así pospuso el momento; si Mara lo encontraba antes no podría decir que se lo ocultaba. Estaba a la vista.

Un día Mara vino a traerle el primer café del día, como de costumbre, y mientras lo bebía apareció Bebé envuelto en una sábana. Se sentó con los dos como una lagartija que se tumba a los primeros rayos de luz. Exon llegó de madrugada después de sus andanzas, así que sintió que no tenía ningún derecho a montar un numerito y recordó que, lejos de beneficiarle, lo más seguro es que le perjudicaría. Así que aceptó la nueva situación pensando que, no ser capaz de satisfacerla, no le daba ningún derecho a castigarla. En definitiva, Mara no era suya. Era un pájaro que le enamoró con su vuelo. No iba a ser él el imbécil que quisiera cortarle las alas.

No se trataba de Aurora, se trataba de sexo. Exon descubrió que Mara lo amaba y no quería irse. Ella lo quería. Era lo más importante. Lo otro, la liberación del animal salvaje que llevaba dentro, salió del agujero que se abrió cuando algo hizo *track*. A diferencia de Aurora y de Bebé, esa noche, nadie más se quedó a dormir en casa. De hecho, Mara no se ocultaba para singar con quien traía, pero empezó a evitar ciertas horas; a ser más discreta. Exon sabía lo que pasaba, pero ni siquiera se enteraba. De hecho al final se llevó el sofá "abajo" y dejó que Exon volviera a dormir en "su" cama. De cierta manera Mara dividió su vida en dos. La rutina la vivía "arriba" y la lujuria con extraños "abajo". Aunque, de vez en cuando, la ternura excitaba el deseo y, un poco a medias, un poco con la ayuda de la tecnología, un poco "de verdad", lo hacía con Exon. «¿Quién es más macho?», pregunta Laurie y luego responde: «Exon es más macho».

Así transcurrió su vida y la de Mara durante aquellas largas noches de apagones de un año apagado en medio de la oscuridad y el ostracismo, de la mentira y la falsedad, de la censura y la prohibición. Le sobraba un dinero que no podía gastar sino a buchitos. Pintaba porque le satisfacía y estaba a gusto con su vida. Se sentía liberado. La vida, cantaba John Lennon, es aquello que pasa mientras estás ocupado haciendo otros planes. Para Exon la vida era aquello que pasaba mientras estaba libre sin hacer otros planes. Pero nada dura para siempre, dijo una vez Frida Kahlo, por eso quiero que seas mi "nada".

e

Uno más uno puede ser más que dos, pero...

Aurora se fue y todo siguió bien. Fueron tres de un perfecto par, como la canción de King Crimson. Ahora eran más que dos y menos que tres y todo seguía sin novedad. Mara llegó de la escuela, Exon estaba en bolas regando las plantas en la terraza, se quitó los zapatos en la terraza y se recostó en la tumbona derrengada. Exon le regó los pies que se estremecieron como una flor seca y sucia cuando el agua le besa. Luego se sentó frente a ella para darle un masaje suave. Mara sonrió y cerró los ojos.

–Hoy nos dijeron que el beriberi y la neuropatía están aumentando de forma exponencial.

–¿La neuropatía congénita?

–Supongo que también, pero hablaron de la neuropatía periférica en general, de la neuritis y del beriberi.

–¿La falta de jama? –Mara no contestó. Casi cuando parecía que en lugar de un sarcasmo era una evidencia rotunda, sin los signos de interrogación, preguntó:

–¿Tú crees? –sin ninguna duda; claro que lo creía. No se trataba de dañar el prestigio de la medicina "revolucionaria" sino al revés: era la población la dañada por la incapacidad de la economía "revolucionaria"–. En el Calixto abrieron dos salas nuevas para los casos de neuritis y parece que van a abrir más. Dijeron que la epidemia... –Exon la miró con incredulidad, si usaron la palabra «epidemia» era que la gravedad superaba cualquier alarma, pero Mara continuó– estaba creciendo con proporción geométrica. ¿Qué es eso? ¿Exponencial? ¿Proporción geométrica?

–El crecimiento exponencial es e elevado a algo.

–¿e?

–e es un número, un número infinito que está entre 2 y 3. Cuando una cosa aumenta de manera exponencial, su ritmo de cambio es proporcional a ese algo a lo que se eleva. Si ese algo no crece mucho, la exponencial tampoco; pero si lo hace, la exponencial lo hará en proporción. e es un número difícil de definir, pero relaciona la progresión aritmética con la progresión geométrica porque, gracias a e y al logaritmo, que es el inverso de e, se pueden convertir potencias y raíces en multiplicaciones y divisiones y las multiplicaciones y divisiones en sumas y restas.

–¿En serio que está entre 2 y 3?

–En serio. Coges el 1, luego divides el 1 por 1 y coges la respuesta que, por supuesto, es 1. Después divides la respuesta por 2 que es 0.5 y luego la divides por 3, y coges de nuevo la respuesta y la divides por 4 y así hasta el infinito. Cuando hayas dividido por todos los números hasta 9, por ejemplo, y hayas sumado todos los cocientes, obtendrás el número e redondeado: 2.718282.

–Pero no es infinito.

–Si lo es, en realidad tendrías que hacer lo mismo hasta el infinito. Es un número que, tal y como está definido, jamás estará completo. Ahora, si algo responde a e elevado a lo que sea, significa que...

–¿Cómo sabes eso?

—e está en todas partes... aunque no se vea —respondió y se rió de su ocurrencia. Mara también—. Significa que se dispara. Me gustan las matemáticas, están en todas partes y «señalan las conclusiones necesarias» —terminó parafraseando la sentencia de Benjamin Peirce.

Mara cerró los ojos, se abandonó al masaje y pensó que las matemáticas señalaban, con toda la abstracción y belleza que les honraba, la desgracia revelada que les rodeaba. Pensó que desde que eran más que dos y menos que tres, como e, las cosas iban bien y pensó también en lo feliz que fue cuando eran solo dos y nadie tenía ni idea de lo que era el beriberi.

Sin pie ni pisada

En la catástrofe del día a día un accidente compensa a otro. Lo falso solo necesita exhibirse el tiempo suficiente para ser verdad. Es un estadio temprano de la verdad. La verdad solo necesita exhibirse el tiempo suficiente para ser falsa. Es un estadio tardío de la falsedad. Lo contrario de la verdad es también verdad. El ladrillo que faltaba para que se derrumbara el edifico, la mariposa que aleteaba al otro lado del mundo y los ronquidos de una araña del desierto en el ártico, solo habían conseguido que no hubiera papel para limpiarse el culo; los tsunamis políticos se repartían por todas partes menos en la isla. Se acababa la esperanza (el querer ya se había agotado) si es que hubo alguna. La Perestroika y la Glasnost parecía una burla cruel, un mal chiste, un caramelo fugaz de lo que no quedaba apenas sabor. Todas las revistas rusas habían desaparecido. No hay papel, clamaban unos. No hay vergüenza, susurraban otros. La policía hacía el agosto, el septiembre, el octubre y todos los meses del año, uno tras otro. Hacía redadas que aprovechaban para transformar disidentes en delincuentes. Teniendo en cuenta que todo el mundo delinquía ante la imposibilidad de vivir con decencia, el mecanismo era engrasado por un diablo perverso.

«En Cuba no hay presos políticos», se jactaba el gobierno ante los medios de comunicación internacionales y hasta cierto punto tenía razón; porque los presos políticos (y los militantes del partido y el resto de la población que no estaba presa) delinquían por sistema de una manera u otra; si no era robando era comprando algo robado o mirando para otra parte. La diferencia entre estar en prisión o no, en verdad, dependía del grado de molestia ideológica o política que ocasionaras. Cuando alguien molestaba no había más que esperar "el momento" adecuado; el lugar daba lo mismo y, el momento llegaría, tarde o temprano llegaría. Todo estaba prohibido y no había nada. El dólar seguía penalizado y lo único y poco que se podía conseguir era en dólares. El peso cubano estaba tan inflado como el globo de Matías Pérez. Había una sobre abundancia de dinero (lo que las llamadas democracias denominan inflación) inédita en todo el período "revolucionario". En definitiva, el gobierno tampoco sabía muy bien qué hacer. No era capaz de proveer bienes y servicios y no recuperaba la liquidez que inyectaba en el sistema. El problema no era el dinero sino qué comprar con él; por un pan o un trozo de *cake*, o una cajetilla de cigarros, se pagaban cifras astronómicas: el 25% de un salario mínimo.

Wolf pasó a despedirse.

–Animal… llegó el momento. El Wolf se pira. Me casé con una italiana. Mañana es el gran día.

–¿Así que ahora eres tremendo jinetero también? –le dijo Bebé para meterse con él (a estas alturas era uno más en la casa)–. Una así es la que me hace falta. Consígueme una Wolforlaine, pero que no sea una claria.

Bebé se metía con todo el mundo y Wolf, esta vez, se lo ponía a huevo. Del uno al diez todas las jebas para él empezaban en cinco. Según Bebé, Wolf tenía perro estómago. Para Wolf, había que ver lo espaciosa que era la gandinga de

Bebé para permitirse el lujo de juzgarle. Wolf jamás estaba solo y casi siempre mal acompañado. En ese mundo de estafas artísticas siempre había alguna que, para Bebé no había quien le metiera el diente, a la que él estaba dispuesto a darle un festín de manguera por amor al arte. Es curioso que Wolf tuviera tanto "ojo" porque padecía de una aberración cromática un poco extraña que le obligaba, cada cierto tiempo, a reaprenderse los colores. Dicho de otra manera: para él no había feas, sino mujeres de belleza incomprendida. El negocio había ido bien y tenía dinero para partir a donde fuera necesario.

–Bróder... ha sido un placer hacer negocios contigo. Ten por seguro que cuando se caiga esta pinga y pueda volver lo retomaremos: usted es el mejor... con diferencia... y tendremos un mercado que no veas. Iré montando el tinglado fuera. Tú verás.

Wolf se fue y Exon se alegraba, de cierta manera, del cierre de esa etapa, de aquel fin de ciclo que convergió en la eliminación de ocultaciones de la verdad. Una menos. Él lo hacía con gusto, le encantaba, sabía hacerlo, era su don, pero no lo hacía por dinero. Era algo que empezó y siguió como el día sigue a la noche, un poco por inercia, un poco por variar, un poco porque tenía cierto sentido en el sinsentido de su vida y quizá todos necesitamos algún sentido, algún destino hacia donde viajar. Pero estaba bien que se acabara. Las telenovelas que duran toda la vida terminan haciéndose daño. Un buen fin es más importante que un buen comienzo o un buen desarrollo. Es el remate, el broche de oro.

Wolf se fue y, en medio de los apagones, los bocaditos siguieron perdidos y subiendo de precio. La mierda siguió subiendo y todos allí flotando mientras unos clamaban consignas y agitaban banderitas por el día y traficaban por la noche con otros que susurraban a todas horas, desesperados, cosas que no decían pero que querían decir. Todos sin pie ni pisada, en un sin fin de sin razón.

Ronald D. Spencer cuenta que, en 1987, la señora de Balkany pagó medio millón de libras esterlinas en una subasta en Christie's por un cuadro de Egon Schiele. Apenas seis años después, alegó que era falso en un pleito a Christie's por el precio de compra. El tribunal le dio la razón. El 94 % de la superficie del cuadro había sido pintada por encima en su totalidad tras el fallecimiento de Schiele pero Christie's argumentó que, por mucho que se pintara por encima un cuadro no podía considerarse una falsificación, siempre y cuando el restaurador siguiera el diseño del artista original, reprodujera lo mejor posible los colores originales utilizados por el artista y el cuadro original fuera de Schiele. Nada de lo que hiciera otra persona en estas circunstancias podría convertirlo en una falsificación. Pero el restaurador había agregado las iniciales "E" y "S" en azul en la esquina izquierda y derecha del cuadro, y también había pintado por encima, con color negro, el monograma malva, que se podía ver con rayos X, de las iniciales "E" y "S" entrelazadas, pintado con toda seguridad por Schiele. Esta pequeña añadidura y no el 94 % de repinte fue la responsable de la falsificación.

Fragmento de *Los restauradores*, Lino García.

Nos han robado todo

Después de la partida de Wolf todo siguió su normalidad. Exon y Mara tenían una vida sexual separada y otra conjunta, una de sexo por sexo y otra de sexo por amor y de amor por amor. Exon siguió sin revelar la verdad para no herir a Mara: su pinga funcionaba con todas menos con ella. Mara siguió sin exigirla. No entendía muy bien dónde iba, ni a qué iba, pero sabía que volvería. Los dos tenían un lugar común donde volver, un espacio común, libre de la contaminación "ambiental", que asfixiaba cada vez más sin que "el ladrillo" capaz de echar abajo "el "edificio" diera señales de vida. Todo seguía muerto.

Mara distanciaba cada vez más sus encuentros sexuales "abajo" y prolongaba más sus encuentros amorosos "arriba". Frida y Diego, Mara y Exon, seguían adelante sin interferencias, cada uno escapando del dolor como podía; el dolor compartido parece más llevadero, más repartido. Si bien todo no iba bien, tampoco se podía decir que iba mal. La mierda tiene niveles. Siempre se puede estar mejor. Siempre se puede estar peor. A veces es mejor estar en medio. Ni mejor ni peor. Pero si de algo eran testigos diarios, era del implacable funcionamiento de la ley de Murphy. «Si algo puede salir mal, probablemente saldrá mal».

Murphy (Edward A. Murphy Jr.) trabajó en experimentos con cohetes sobre rieles para la Fuerza Aérea de los Estados Unidos en 1949. Exon quizá contaría que entre 1947 y 1949 se desarrolló un plan, denominado MX100, en campo Muroc (llamado más tarde Base Aérea Edwards) destinado a probar la resistencia humana a las fuerzas G durante una desaceleración rápida. Las pruebas usaban un cohete sobre rieles con una serie de frenos en un extremo. Al principio usaron un maniquí atado a una silla en el trineo, pero después el capitán John Paul Stapp reemplazó al muñeco. Lo que se cuestionaba era la precisión de la instrumentación utilizada para medir las fuerzas G que el capitán Stapp experimentaba. Murphy propuso utilizar medidores electrónicos de esfuerzo sujetos al arnés de Stapp, así que su asistente cableó el arnés e hicieron una primera prueba con un chimpancé. La lectura de los sensores fue cero.

La instalación era incorrecta: cada sensor había sido cableado justo al revés. Según unos Murphy, frustrado, echó la culpa a su asistente (él era el jefe): «Si esa persona tiene una forma de cometer un error, lo hará». Según otros no fue Murphy quien dijo: «Si puede ocurrir, ocurrirá». La verdad depende de donde se mire. Todo depende. «Si hay más de una forma de hacer un trabajo y una de ellas culminará en desastre, alguien lo hará de esa manera». En definitiva, «si algo puede salir mal, saldrá mal». Y eso fue lo que pasó un día cualquiera, de un mes cualquiera, por aquellas fechas imposibles de determinar. Exon y Mara fueron a visitar a Cojímar a un viejo amigo artista. Hablaron de México, del Rey del Chocolate, de los proyectos de él, de la vida y de la muerte. Tomaron ron y comieron pollo en una parrilla que servía de barbacoa. Fue un día maravilloso con una noche desastrosa.

Al llegar a casa la puerta de "abajo" estaba abierta, la puerta de "arriba" estaba abierta. Todo estaba desordenado y descompuesto. Habían entrado. Exon se llevó las manos a la cabeza. Mara se llevó las manos al corazón. Exon se imaginó lo peor. «Si algo puede salir mal, saldrá mal». Mara fue a la cocina, se encaramó en la encimera, metió la mano al fondo del estante más alto y cogió una pequeña y vieja caja de metal de primeros auxilios llena de billetes. –¡Qué suerte! –dijo–. No nos han robado.

Exon fue a la estantería más visible del salón. Una estantería llena de libros viejos, al lado de una ventana, no muy grande, clausurada. La caja donde guardaba "sus ahorros" no estaba. –No Mara –dijo–. Nos han robado todo.

Ese fue el momento de contarle "el secreto".

Un amigo, que ha tenido acceso a algunos fragmentos de *El evanescente mundo de la nada*, me ha confesado que Lino García escribió mucho antes que yo unos pasajes idénticos a los míos. De ser así, esto me convierte en una suerte de Pierre Menard: un oscuro escritor simbolista que logró escribir, de manera misteriosa, algunos pasajes del Quijote en todo idénticos a los que escribió Cervantes.

El narrador del relato de Jorge Luis Borges *Pierre Menard, autor del Quijote*, que resulta ser un admirador y exégeta de la breve obra de Menard, en su defensa, cita al menos un pasaje de la obra. En el capítulo noveno de la primera parte del Quijote, Cervantes escribió: "... la verdad, cuya madre es la historia, émula del tiempo, depósito de las acciones, testigo de lo pasado, ejemplo y aviso de lo presente, advertencia de lo por venir".

El exégeta observa lo siguiente: "Redactada en el siglo diecisiete, redactada por el 'ingenio lego' Cervantes, esa enumeración es un mero elogio retórico de la historia". Menard, por su parte, había escrito: ... "la verdad, cuya madre es la historia, émula del tiempo, depósito de las acciones, testigo de lo pasado, ejemplo y aviso de lo presente, advertencia de lo por venir". Para demostrar su absoluta originalidad el exégeta argumenta:

> La historia, madre de la verdad. La idea es asombrosa. Menard, contemporáneo de William James, no define la historia como una indagación de la realidad sino como su origen. La verdad histórica, para él, no es lo que sucedió; es lo que juzgamos que sucedió. Las cláusulas finales —ejemplo y aviso de lo presente, advertencia de lo por venir— son descaradamente pragmáticas. También es vívido el contraste de los estilos. El estilo arcaizante de Menard —extranjero al fin— adolece de alguna afectación. No así el del precursor, que maneja con desenfado el español corriente de su época.

La originalidad suprema de Menard se deriva de una identidad tal que supera al mero plagio y a la copia, escribió un autor cuyo pseudónimo es Menard. "La verdad histórica no es lo que sucedió; es lo que juzgamos que sucedió". Me pregunto si algún exégeta del futuro entenderá lo mismo.

Así son los verdaderos héroes

Exon contó entonces, evitando pormenores desagradables, la enorme cantidad de dinero que trajo gracias al espanta-Mara, gracias a la orden de expulsión del lienzo por Mara, gracias a "la abuela", gracias a… lo dejó ahí porque en realidad no mentía, solo ocultaba la verdad. Gracias a los 8 lienzos más que pintó (de unos 2x2 metros), en menos de un par de semanas, entre fornicación y fornicación (algo irrelevante para el argumento), trajo dinero para varias jubilaciones y ya puestos… también habló de su empresa con Wolf y las ganancias que había generado. Si era verdad lo que se comentaba en La Habana, que por cada dólar que te cogieran te metían un año en la cárcel, a Exon le haría falta resucitar varias generaciones para vivirlas en el tanque. Teniendo en cuenta la atenuante, que aquello solo era sostenible en aquel disparate de momento histórico, quizá no llegase a cumplir ni una sola generación, pero la cifra era alarmante. Mara se preguntó por qué había ocultado aquella información tan valiosa, pero ni siquiera llegó a salir de su boca: mejor era saber menos. Le agradeció haberle ahorrado esas preocupaciones y, en definitiva, aún cuando compartiera ese dinero con ella, se trataba de "su" dinero. Solo tapo con sus manos una boca que, por mucho que lo intentaba, no conseguía cerrar.

–¡Eso es candela! –repetía y, en realidad, lo que más le preocupaba en ese momento no era haber perdido esa enorme cantidad de dinero que, en rigor, nunca había tenido, sino haber vivido con una persona temeraria a la que no conocía de verdad. ¿Quién sabe cuántas cosas debería saber y no sabe? –¡Eso que has hecho Exon… es candela! –repetía con alguna variación y, sin culparlo, dejó claro que ella nada tenía que ver con eso; que era cosa de él solo, en exclusiva. Sin dudas, Mara había vuelto.

Después de asimilar los acontecimientos, Mara tuvo que admitir que la idea de vivir con un eterno desconocido le excitaba. En definitiva, él no la había puesto "literalmente" en peligro y no sería capaz, porque así son los verdaderos héroes. Con sus luces y sus sombras, Exon era el único tipo de héroe en el que creería.

En esa misma expresión: «¡Eso que has hecho Exon… es candela!», quedaba implícita la imposibilidad de acudir a la policía. Aún si lo sustraído fuese lícito no valía la pena. No iban a resolver nada. Solo husmearían y preguntarían y sabrían más de todo, menos de lo necesario, para nada. Solo había que resingarse; que no es lo mismo que resignarse.

Solo quedaba, al menos así le parecía a Exon en ese momento, tratar otro tema espinoso. Habían revuelto la pared literaria que sigue al baño (la pared de libros sin ventanas de punta a punta), la falsa pared que no es lo que parece pero el tramo final (que en realidad es una puerta con forma de librería que acoge los libros menos interesantes, irrelevantes e insignificantes de la colección), ese pequeño tramo final, tan pequeño como para pasar inadvertido y tan grande como para dejar pasar a un pasillo interior de casi un metro de ancho donde Exon guardaba sus lienzos, parecía intocable. Revelar su escondite era como dar una estocada profunda en la ingenuidad de Mara pero mantenerlo en secreto era como dar una estocada mortal en su credibilidad.

Exon no lo dudó: –Todavía queda un lugar por revisar –dijo y ante la mirada de interrogación incrédula de Mara le invitó a pasar a su refugio. Mara volvió a taparse la boca con sus manos y otra vez, por mucho que lo intentaba, no conseguía cerrarla. –¡Exon! –que quizá era sinónimo de «¡Qué cosa es esto Dios mío!», era sin duda la confirmación de vivir con un temerario temible desconocido. ¿Quién sabe cuántas cosas debería saber y no sabe? ¿Quién sabe cuántas cosas no debería saber? Hasta la misma Mara deseó que aquel escondite fuera solo una alucinación, deseó que su camino por la estrecha galería llena de obras "maestras" fuese solo un equívoco, no por el pasado, sino por el futuro. ¿Cómo podría vivir con "eso" a cuestas? Sin embargo, no se ofendió, ni se hizo la ofendida, por no saberlo. Al contrario casi se ofendió por saberlo, pero la franqueza tiene sus consecuencias. Ella lo había sido. Ella lo había exigido. Ahora ella debía asumirla.

Por fortuna todo estaba allí. Aún cuando no se pudiera exponer, ni vender, ni siquiera contemplar o contar, allí estaba un archivo envidiable para cualquier Museo interesado en el arte cubano. Allí no había ni una sola obra de Exon.

–¿Ahora qué hacemos? –preguntó Mara quizá queriendo preguntar «Y bien ¿cuál es el próximo paso?». Exon se tomó su tiempo para responder. Estaba enfadado. No por el dinero, sino más bien por cómo desapareció. Cuando te roban es difícil no sentirte tonto, imbécil, estúpido, incauto. La decepción es grande, enorme, gigante, pero nunca tan grande, enorme, gigante, como la impotencia. La impotencia de no poder devolverla, de no poder reaccionar, de no poder hacer nada. Eso jode. Es tan perverso y retorcido que es peor que el odio, peor que el rencor, peor que la ira, es todo eso a la vez y lo peor es que solo puedes esperar a que se te pase. Lo peor es que, por mucho que quieras hacer, por mucho que planees o maquines, no tienes ni siquiera contra quien, contra que. Delante de ti solo está el mismo vacío testigo del desastre que nada puede decirte, así que nada puedes hacer.

–¿Ahora? –repitió con voz baja para darse más tiempo–. Ahora lo único que podemos hacer es olvidar esto cuanto antes y seguir adelante –y lo dijo como si leyera un guión escrito porque sabía que ninguno de los dos sería capaz de olvidar "aquello". Por mucho que lo intentaran: era un hecho. No les quedaba otra que "seguir" porque si te paras la muerte, la puta sopla-nuca, te atraparía para siempre. "Parar" casi nunca es una posibilidad. Aún quedaba una vieja caja de metal que alguna vez fue para usar en caso de emergencia llena de billetes. La mayoría de los cubanos no habían visto ni uno solo de esos billetes en toda su vida, ni siquiera en fotos.

La decisión de Exon (segunda parte)

Sin embargo, la vieja caja de metal FIRST AID se vació pronto. Hubo que reforzar la seguridad de la casa. Los precios seguían subiendo. El refrigerador se rompió. Una tubería de agua se partió. La conexión de la fosa séptica con la red general se averió. Las aguas negras se mezclaron con las aguas grises, con las blancas, y con las casi transparentes. «Si algo puede salir mal, saldrá mal». La ley de Murphy se cumplió: con creces, con ensañamiento, con premeditación, con alevosía, con recochineo, con sarcasmo, con mofa, con burla, con exageración, con desproporción, con extremosidad. La ley de Murphy se sobrecumplió y, aunque no se publicó en el Granma (porque el Granma, entre otras cosas, estaba muy ocupado entreteniendo a la población con falsos sobrecumplimientos económicos, sociales y políticos), los dejó en la ruina, en la miseria, en la desolación, en la decadencia, con una mano adelante y la otra atrás, como el país, como la sociedad, como el socialismo, como el resto de la población cubana. Se quedaron en la nada. Sin dinero ni para pagar al punto para que trucara el contador de la luz, para poder gastar sin pagar el aire acondicionado. Sin dinero para pagar al punto que les traía de comer. Sin dinero para pagar al punto que les llenaba los tanques de agua cuando se perdía durante semanas. Sin dinero para comprar velas y tener algo de luz en los apagones. Sin dinero para nada. Se quedaron sin dólares, justo cuando el gobierno despenalizó el dólar. Sí, ¡despenalizaron el dólar! Si es que la Revolución es Grande, con mayúscula. Si era verdad lo que se comentaba en La Habana, que te podía caer un año de cárcel por cada dólar; ¿qué pasaría con los ex delincuentes encerrados? ¿Los liberarían? Sin duda era el momento y el lugar adecuado para la ilegalidad legalizada. Las desgracias nunca vienen aisladas. Se llaman, se complican, se juntan, se instalan. Se quedaron sin nada, en la tea, en nanaina. Pero tenían que seguir.

«¿Ahora qué?». Mara poco podía cambiar las cosas. Una estudiante de enfermería solo podía, por unos miserables dólares (dos, tres) cuidar enfermos (viejos enfermos o viejas enfermas que ya nadie quería cuidar), acompañar enfermos por la noche en los hospitales, traficar con medicamentos, con sexo, con drogas. Demasiado desgaste para nada.

Exon tenía al menos otros dos recursos. Podría volver a México y vender algún espanta-Mara. Podría telefonear a Pascual y satisfacer su pedido. Lo primero era legal, pero exigía demasiado desgaste para Mara. Si Exon pudiera llevarla con él… pero eso era imposible. Viajar solo reviviría todos los fantasmas que terminarían descosiendo lo que fuera que estaba cosido ya. Por otra parte, tendría que pedirle el dinero del pasaje prestado a su madre y no podría garantizar su devolución. La verdad, siempre imaginó que sus padres nunca necesitaron de él. Su padre era poderoso y su madre extranjera, pero lo cierto es que nunca supo si lo que imaginaba se correspondía con la realidad. Asumía que era así. No se preocupaba por ellos. Pero no sabía cómo vivían, si tenían o no dinero escondido en una lata. Para su madre no era ilegal, pero tenía que justificarlo y ella vivía en Cuba, no en México. Por mucho que su familia la mantuviera, era solo una hipótesis, era incluso una tesis humillante. Un fundador de la contrainteligencia cubana y comecandela desde la Sierra Maestra mantenido por una extranjera era, a todos luces, un acto de jineterismo, aunque fuera de Estado. La posibilidad mexicana ni siquiera fue insinuada ante Mara.

Lo segundo era ilegal y exigía demasiado riesgo para Exon. Pascual no era Wolf. No era un profesional. En el compromiso de Pascual con esa jebita alemana, de conseguirle ese cuadro de Frida Kahlo, algo sonaba y olía mal. Exon nunca supo por qué. Papascu era un buen tipo. Había hecho tratos con él. Jamás le había fallado. Quizá la confianza en un tercero (la alemana) que viene a Cuba por algo de México: ¿estúpida? ¿súper hábil? ¿espía? No la conocía, ni debía conocerla nunca. Quizá la magnitud de la bomba: se trataba de Frida Kahlo. El destape de una falsificación nivel Martínez, Pogolotti, Portocarrero, incluso Lam, podía ser comparable a una granada de mano, a una ametralladora o a un misil de corto alcance, pero Frida jugaba en otra liga. El destape de una falsificación nivel Frida podía ser comparable a una Katiusha, a una bomba de largo alcance, a un genocidio, a una masacre. El primero sería equivalente al cambio de Raúl por Fidel a cargo del Estado. El segundo sería equivalente a la caída del muro de Berlín. Eso intuía y le daba miedo, yuyu, respeto. Sin embargo la situación era de resistencia, de resiliencia, de seguir o parar.

¿No es más fácil alquilar la "casa de abajo"? ¿Montar algún pequeño negocio?, ¿de restauración de arte, por ejemplo? Tener una casa sin "usar" es casi delito en un país donde conviven varias generaciones obligadas bajo el mismo techo. Sin embargo, la respuesta es: NO. No es más fácil. Es casi imposible. Está prohibido alquilar. Está prohibido montar negocios (ni pequeños, ni grandes).

La lista de prohibiciones es mayor que la lista de restricciones y la policía actúa con diligencia. El mecanismo es muy simple. Los propios vecinos informan. El Comité de Defensa de la Revolución informa. Cualquiera que vive peor informa porque le jode. Cualquiera que vive mejor informa porque también le jode. Que a alguien le vaya mejor que al resto no es delito pero es sospechoso y escuece. Todos se perjudican. Todos informan.

Es estúpido. Según Carlo Maria Cipolla, los estúpidos perjudican a los demás aún cuando su acción les perjudique a sí mismos. Es peligroso. "Los estúpidos son las personas más peligrosas que existen". Es el quinto y último precepto de su *Teoría de la estupidez*. Para Cipolla los estúpidos conforman un grupo más poderoso que grandes organizaciones como la Mafia, el Complejo Militar Industrial (MIC), o la Internacional Comunista. Sin embargo, los subestimamos. Así lo establece su primer precepto de la Teoría: "Siempre e inevitablemente cualquiera de nosotros subestima el número de individuos estúpidos en circulación". Así ha sido, así es, y ahora ya no es posible saber cuándo, ni por qué, arrancó toda esa maquinaria.

Lo que podría ser perfectamente legal, el Estado Revolucionario Socialista lo declaró, como parte de su doctrina, en anómalamente ilegal y, para que quedara constancia, lo tipificó como delito en la ley penal. Pensar en esta opción de inspiración capitalista (se trata, en definitiva, de una iniciativa económica privada) no es una alternativa insensata, es una opción suicida, estúpida, disidente.

La decisión de Exon fue pintar a aquella niña con la máscara de la muerte que no sabía aún lo que le esperaba. Incluso en la más absoluta tragedia, incluso cuando algo puede salir mal y sale mal, incluso cuando la oscuridad parece total, siempre queda lugar para la esperanza. Robaron solo el dinero, no los óleos, ni los lienzos viejos, ni el don de Exon. Robaron el pozo, no la bomba.

Algo lindo en lo mas feo

Mara descubrió con Aurora que "sexualidad" no es más que una palabra. Un término cultural para enviar a unos a un lado y a otros a otro. Un muro más o menos alto, más o menos grueso, más o menos opaco. La sexualidad es como una sábana que cubre el cuerpo. Si se abriera un agujero justo por donde acceder al otro sexo e intercambiar placer, sin acceder a la identidad, seguro se llegaría un orgasmo satisfactorio y pleno. Sin sábana la cosa es bien distinta. La cultura ha reforzado el mismo mensaje en todas partes y a todos los niveles: las identidades que quedan a ambos lados de la sábana deben tener sexos opuestos. Solo así se transmite la vida, dice la Iglesia. Solo así es moral, dice la Revolución. En el fondo es un asunto teológico en el que Iglesia, Revolución y Cultura funcionan como una misma cosa. El descubrimiento de Mara consistió, ni más ni menos, en quitar la sábana. En ser capaz de sentir placer sin sábana con agujero por medio. En poder mirar al otro lado y no sentirse sucia. La monogamia es un problema cultural. El ser humano es polígamo, pero la mayoría de las sociedades condenan la poligamia. El hombre ha perdido hasta el hueso del rabo gracias a la Iglesia, la Revolución y la Cultura. ¡Está penado por ley!

Mara consiguió convivir con estas palabras saludablemente. Exon también, le costó algo más (quizá el muro de sus prejuicios era más largo, más ancho y más grueso) pero la vida, una vez se entiende como se debe, es más compleja y abundante de lo que creíamos o de lo que nos hicieron creer. Exon era un heterosexual incorregible. Sin sábana era incapaz de sentir placer, pero era tolerante, inteligente y maduro. Su autoestima le permitía vivir por encima de cualquier muro. Nunca fue muy social que digamos; sin llegar a ser del todo antisocial. Era más bien asocial y eso le permitió ser feliz incluso con esa disfunción eréctil extraña y caprichosa.

Mara siguió pensando en "el suceso" que les llevó de "millonarios" a "pobres". No podía evitarlo. Tenía la sensación que ambos sucesos: la substracción y el desorden, estaban relacionados, pero que no ocurrieron a la vez. Mara pensaba que el dinero fue robado antes y la entrada en la casa se produjo después. No descartaba que fuese un robo: un robo fallido. Cuando entraron los ladrones o entró el ladrón no encontraron, o no encontró, la vieja caja de metal, en otra vida reservada para usar en caso de emergencia, en la cocina y tampoco la otra caja donde guardaba "sus ahorros" en la estantería llena de libros viejos, al lado de una ventana, no muy grande, clausurada, porque, así de simple, ya no estaba. Mara no podía evitarlo y, mientras más vueltas le daba, mas se acordaba de Aurora.

Aurora desapareció y Mara no dio explicaciones, ni pareció estar afectada. En realidad no había pasado nada. Dejaron de ser tres. Igual que llegó se fue trayendo de vuelta algo de normalidad a su vida con Exon. Sin embargo, después de su breve e intensa experiencia, Aurora empezó a esquivarla en la Escuela, en el Hospital, o en cualquier sitio donde se cruzaban. Mara pensó que era una manera de demostrar arrepentimiento de su aventura lésbica y no le dio importancia. Pero las pocas miradas que se cruzaron en todo ese tiempo no eran de vergüenza, no eran de pudor, no eran de «"por favor" no reveles nuestro secreto», sino más bien de todo lo contrario, eran miradas cortas y libidinosas, de picardía, de entornar las pestañas de bribona, eran miradas de «te tengo tantas ganas que te dejo con las ganas». Algo extraño a lo que Mara no le dio importancia hasta que empezó a darle vueltas al "suceso".

Aurora empezó a vestir ropa en exclusiva, que no exclusiva, "de fuera" (todo el mundo sabe distinguir a la perfección el género que venden en las *shoppings* de el de la comunidad), a pintarse y acicalarse, a pavonearse; a llamar la atención. Un día Mara decidió que era hora de aclarar qué pasaba y se apareció en su casa, lejos de las miradas indiscretas de la Escuela y el Hospital. Allí también todo había cambiado de la noche a la mañana. La casa seguía destartalada pero había muchos electrodomésticos nuevos, olía a dólar por todas partes. Aurora le ofreció un café. Estaban solas.

–Solo quiero saber qué pasa –preguntó Mara, cuando en realidad lo que quería saber era «por qué asociaba una cosa con otra», «por qué su desaparición tenía que ver con la desaparición del dinero».

–¿Qué va a pasar? Nada –era la respuesta que esperaba.

–¿Nada? No me hablas, me evitas, me esquivas, me miras como si quisieras devorarme y te pierdes. ¿Tú crees que me chupo el dedo?

Se hizo un silencio. Un silencio grande e incómodo. Aurora miró al suelo. Parecía que lloraría de un momento a otro, pero no lo hizo. La miró y soltó una mentira que ni siquiera podía ser una gran mentira en medio de tanta mentira.

–Tengo novio. Me he echado un novio español –He aquí una mentira porosa. Hizo una pausa algo más teatral y concluyó–. Me voy a casar… en unos meses… y me voy. Termino la carrera y me voy.

Mara se sintió sucia, asquerosamente manchada y ultrajada. Cuando te roban es difícil no sentirte tonto, imbécil, estúpido, pero cuando te traicionan… Hay un viejo proverbio chino que dice «es fácil esquivar la lanza, mas no el puñal oculto». La habitación alternaba entre el fuego y el hielo. La decepción es grande, enorme, gigante, pero nunca tan grande, enorme, gigante, como ese dolor que causa sentirse utilizado, víctima de uno planes organizados, mezquinos, bajos. Mara sintió la decepción de haber descubierto algo lindo en lo más feo. Eso jode. La deslealtad es tan perversa y retorcida que es peor que el odio, peor que el rencor, peor que la ira, peor que la angustia; es todo eso a la vez, pero lo peor es que ahí la tenía, sentada delante, sin mirarle a la cara. Sabía contra quién, contra qué, incluso cómo, encauzar su rabia y decepción, pero sabía que no lo haría porque sería inútil, innecesario, superfluo, solo podría perjudicarle. Hay que tener la sangre fría, helada, sólida, para mantener el control. Mara tenía ante sí la verdad flotando en la espesa niebla de la mentira; tenía delante al mismísimo vacío y dentro a un abismal desprecio y eso era todo.

Hacer dinero es arte

Exon pintó varias versiones de la niña con la máscara de la muerte. La imagen de la versión en paradero conocido de la que disponía era a color. La imagen de la versión en paradero desconocido de la que disponía era en blanco y negro, pero Frida no podría pintar a aquella niña en blanco y negro. ¿Quién sabe de dónde salió esa imagen documental? Exon interpretó la paleta de color de Frida; sobria pero cargada de significados. Al final dio por acabado el trabajo. Agregó aceite de linaza a la pintura para acelerar el secado y cuando estuvo listo localizó a Pascual y le hizo venir.

—¿Qué bolá Tomás Esson? —le saludó.

—Ahí, pasa —le invitó Exon pasando por alto el eterno chiste.

—¿Al final qué? ¿Alguna novedad? —preguntó Pascual por el plan B. Exon subió con él "arriba" y le enseñó su Frida Kahlo. Pascual no daba crédito. ¡Lo había hecho! ¡Lo había calcado, lo sabía, aunque apareciera el original tendría que ser peor que este! Como no era capaz de decir nada y pasaba el tiempo y Pascual no dejaba de rodear aquella plancha de metal un poco más pequeña que un folio A4. Exon tomó el control.

—Dame 2000 fulas y te lo llevas ahora mismo.

—¡¿2000 fulas?!

–2000 –apuntó Exon. A juzgar por el silencio de Pascual el encargo seguía en pie. Era su reputación la que estaba en juego. Ser capaz de semejante encargo solo estaba al alcance de unos pocos elegidos y respecto al dinero, Pascual sabía de sobra que pediría por lo menos 5000 por él y que se los darían sin rechistar. La alemana le había anunciado que no pagaría más de 6000. Cualquier bisnero que se precie tendría que jugar su papel, pero era como rebajar al maestro, al gran maestro. Así que aceptó sin rechistar.

–Dame unos días y vengo con el baro.

–Aquí está esperándote. En una semana salgo de viaje así que si no quieres esperar tres o cuatro meses más, date prisa – Exon debía mostrarse tranquilo, seguro, triunfador absoluto. No iba a salir a ninguna parte. Estaban ya rozando la indigencia, como el resto de la población, pero tenía que parecer indiferente, elegante. Cuanto más falta le hacía el dinero, menos falta tenía que parecer. Así eran los negocios en ese mundo distinto del mundo. No se puede tener prisa. Jamás se puede tener prisa, aunque estés en la más absoluta desesperación. A los dos días apareció Pascual con, poco más o poco menos que, el equivalente a 6 años de sueldo (al cambio) de un profesor de universidad.

Mara poco podía cambiar las cosas. Ni ella, ni ningún profesor universitario, ni ningún médico, ni ningún abogado siquiera. Nadie podía, aferrado a la decencia, cambiar las cosas. Para Exon sin embargo, una vez decidido, solo fue cuestión de un rato. Podría pintar así los que quisiera aunque solo fuera para destruirlos a continuación. Nació para eso, con ese don tan incomprendido por el sistema judicial.

Él no se prostituía. En el fondo se veía como una especie de Robin Hood. ¿Qué había de malo en devolver a su sitio esa obra perdida? Ni siquiera se lucraba por ello, por su trabajo.

Andy Warhol fue, quizá, el primer cínico del sistema del arte; al menos el más famoso. «Hacer dinero es arte, y el trabajo es arte, y un buen negocio es el mejor arte», decía. Y tenía una *Factory* que trabajaba para él. Exon pintaba y eso no solo era lícito, sino honrado. El problema quizá era la fuente de su inspiración. Incluso sus espanta-Mara, en realidad no eran suyos, eran copias de fotografías. Pero eran fotógrafos muertos en vida y obra y eso a nadie le importaba. Frida estaba muerta en vida y viva en obra. Ese era otro problema. Así que, por ahora dejemos los problemas técnicos a un lado. Exon hacía dinero y eso era, según Warhol, arte.

... Cuando haces un trabajo como el suyo puedes perder el contacto con las cosas, terminas por no tener un sentido real de la realidad.

Fragmento de *Los reconocimientos*, William Gaddis.

La cagada más triste de la historia

A veces Exon se sentía como un maniquí atado a una silla en un trineo que caía cuesta abajo sin que nada, ni nadie, pudiera detenerlo, ni medir el impacto. Así se sentía, quizá, si no toda la población, gran parte de ella (vitoreadora o susurradora, indistintamente). Pero, como escribió Nietzsche, «el hombre necesita creer de vez en cuando que sabe por qué vive». Para Exon su "decisión" era una confirmación de su por qué en la vida. Eso era lo que mejor sabía hacer y no era malo. Él no era responsable de lo que hicieran los demás a continuación. Su trabajo tenía un por qué y le daba un por qué a su vida, aún cuando fuera considerado "falso" en su cultura. Lo falso es tan verdadero como la verdad más absoluta. Es una relatividad demasiado oriental, insoportablemente oriental pero una relatividad, en definitiva, como cualquier otra. Exon no era capaz de entender el mundo al por mayor. El mundo se distorsionaba para ajustarse a su lente. Solo era capaz de entenderlo a su manera. En el mundo al por menor no existe la disidencia. Si acaso hay guerras de los mundos. En el mundo al por mayor las cosas son de una única manera, de un mismo color, de un mismo patrón. Todo lo demás es disidencia. No es posible lo feo; solo lo bello. No es posible la inteligencia; solo el dogma. No es posible la pluralidad; solo la unicidad. No es posible la independencia; solo la dependencia. No es posible la libertad; solo la esclavitud. En estas circunstancias es difícil de aceptar que no es posible lo malo; solo lo bueno. Es difícil si crees que lo feo, lo inteligente, lo plural, lo independiente, la libertad, es complementario a lo bello, al dogma, a la unicidad, a la dependencia, a la esclavitud.

Ningún artista pasó por alto la cagada más triste de la historia del arte en Cuba. Ángel Delgado "profanó" el periódico Granma durante la inauguración de la muestra *El objeto esculturado*. No era más que su performance *La esperanza es lo último que se está perdiendo*. Sin embargo, aquella pérdida espontánea de esperanza sobre el Granma le costó nada menos que 6 meses en prisión por escándalo público. El arte es escándalo público por naturaleza, pero incluso un hecho ocurrido en el contexto del arte, fue entendido por el Estado fuera del contexto del arte. Quizá si se hubiera cagado en el suelo, el escándalo hubiera sido menor, pero lo hizo sobre el órgano oficial del Partido Comunista de Cuba y el escándalo fue mayor porque lo consideraron una provocación, pese a darse la esperpéntica paradoja de que el órgano oficial del Partido Comunista de Cuba es, con diferencia, el papel higiénico más popular en la población. Sirve para mover el aire, para limpiarse el culo y a veces, solo a veces, para informar. La contundente respuesta a la escultura orgánica de Ángel fue en realidad una advertencia. Todos los artistas quedaron escarmentados de lo que significaba cagar fuera del tibor. Los que aún no se habían ido estaban a punto de irse. Los que aún no pensaban largarse estaban a punto de pensarlo. En el mundo al por menor de Exon, la cagada más triste de la historia era la diáspora de los intelectuales. Ángel fue un chivo expiatorio, un disidente transformado, adrede, a propósito, aposta, en delincuente.

La poética escatológica de Ángel (fea, inteligente, plural, independiente, libre) fue declarada mala para el resto (bello, dogmático, indisoluble, dependiente, esclavo). Ángel se disolvió en un número con cierta voluntariedad mientras sus "compañeros" de arte se disolvían en el exilio con cierta involuntariedad. Exon seguía allí, persistente, resistiendo en ese mundo al por mayor desde su insignificante mundo, pero sabía que eso podía cambiar de un momento a otro: en el momento en que se perdiera su última esperanza o cagara fuera del tibor.

La mierda es la única materia que es preferible que no sea auténtica.

Victoria Gutiérrez

Eric Hebborn falleció en Roma, a principios de 1996. Un desconocido le provocó un trauma craneal con un instrumento contundente en plena calle. En su libro *The Art Forger's Handbook,* publicado por esas fechas, alardeaba de que los museos y galerías de medio mundo estaban repletas de sus cuadros. La estafa de Hebborn alcanzó el millar de cuadros, algunos pintores como Van Dyck o Jan Brueghel, e instituciones como el British Museum, la National Gallery de Washington o el Royal Museum de Copenhague. El mérito de Hebborn no solo se debió a la calidad de las falsificaciones sino también a la calidad de la documentación falsa que empleó para vender los cuadros.

La National Gallery de Canadá admitió en 1978 que uno de sus cuadros, atribuido a Stefano de la Bella (1610-1664), era en realidad de Hebborn. Lo mismo que el British Museum con uno de Van Dyck que fue exhibido durante más de 10 años.

Desde entonces, sobre todo a raíz de su muerte, muchos más cuadros han sido desvelados como falsos, aunque hasta ahora la cifra del millar de estafas sigue lejana.

Fragmento de *Los restauradores*, Lino García.

Se veía a sí mismo debajo de sí mismo

El éxito del plan de Exon estaba en peligro. Parecía estar en el lugar adecuado, en el momento adecuado. Sin embargo, Wolf era parte de ese plan y no estaba. Pascual no era una opción en su plan. Pascual no tenía su número de teléfono porque no era su amigo. Era lo más parecido a un marchante que traficaba con obras falsas. Era un farchante. Era peligroso que viniera, a Exon le parecía peligroso que llamara y ahora le parecía aún mucho más peligroso cualquier trato con él. Exon quería controlar la situación y sentía que no podía. Pascual, que no era artista, ni músico, ni ingeniero, ni taxista, ni nada de nada, iba y venía como las plagas. Era un bicho más en toda aquella fauna tropical. Pascual no era parte, nunca fue parte, de ese plan. Así que, ¿de qué servía estar en el lugar adecuado, en el momento adecuado, sin la persona adecuada?

Exon se veía a sí mismo debajo de sí mismo en unas circunstancias en la que todo seguía cayendo y todo parecía predestinado a caer. ¿Todo? El negocio con Pascual solo podía ser calderilla, a diferencia de la empresa con Wolf, porque no había confianza. Había hecho con él cosas de poca monta hasta verse obligado a dar ese salto mortal.

Lo que empieza bien, diría Murphy, puede acabar mal; pero lo que empieza regular, diría cualquiera, solo puede acabar mal… o peor.

La "maniobra" (era el término que usaba Exon para referirse a esa transacción) era un salto mortal desde un acantilado. Solo esperaba que no fuese, con llana literalidad, "mortal"; aunque estaba obligado a esperar el resto de su vida para saberlo. Como la muerte, cada delito correrá detrás de ti, soplándote en la nuca, hasta darte alcance. Todo depende de quien llegue primero.

Aquella "maniobra" fue un salvavidas en medio de una tormenta. Pero la vida necesita continuidad. Ese dinero se iba a agotar antes o después por muy a salvo que estuviera de posibles nuevos actos vandálicos. Mara dejó de llevar amantes a casa. Ni siquiera a "abajo". Reforzaron toda la casa con cabillas, rejas y candados y se encerraron, de manera literal, "arriba". Cada uno siguió teniendo "sexo" fuera de casa y "amor" dentro de casa con algún altercado carnal siempre satisfactorio. Mara tenía sus juguetes y Exon una extraordinaria lengua, paciencia y delicadeza. Todo iba bien.

Ya no era posible recurrir al plan: "Volver a las plazas". En la Plaza de la Catedral primero y en la Plaza de Armas, después, durante un tiempo, Exon vendió alguna falsificación sin importancia o alguna imitación descuidada de algún pintor de la corte junto con viejos colegas de San Alejandro, de la Escuela Nacional de Arte, e incluso, con algún espontáneo del Instituto Superior de Arte. Aquel plan comercial estético terminó a causa de un plan criminal estatal ético. La policía empezó a vigilarlos, a expropiarlos y, por último, a guardarlos. Exon, en cuanto percibió que le olfateaban levantó el campamento. Demasiado riesgo para nada. A la gente de a pie, en general, le importa una mierda el arte; ya fuera la imitación del Dalí más *kitsch* o la copia del gallo de Mariano más visto (de lo no figurativo ni hablar; apenas tenía salida). Las Plazas estaban "tomadas". No eran un plan.

Por si acaso, Exon activo su plan B (no tenía más) de "estética práctica" descuidada (por *kitsch*, por vulgar, por *low*); en definitiva, se trataba de sobrevivir no de sobrevenir: pintar Orishas, los emisarios de Olodumare (El Dios supremo); Agayu, Aganjú (San Cristóbal, Paternidad); Aguena (Santa Filomena); Babalu-Aye, Babalúaiyé, Sànpónnà y Omolu (San Lázaro, Enfermedad); Dada, Obañeñe (San Ramón Nonato y Nuestra Señora del Rosario); Eledda (El ángel de la guarda); Elefuro (La virgen del Carmen); Elegba, Elegguá o Elegbára (San Antonio de Padua, Abridor de caminos); Elle Cosun (Santa Lucía); Ìbejì (San Cosme y San Damián, Niños); Igui (San Lucas); Inle (San Rafael y San Roque, Medicina); Iroko (La Purísima Concepción); Nana Buruku (Santa Ana y la Virgen del camino); Oba Nani (Santa Catalina y Santa Rita de Casia); Obatalá, Oshalá (Nuestra Señora de las Mercedes, Claridad); Obba Moro (Jesús Nazareno); Oduduwa, Odùdúwà (El santísimo sacramento, Muerte); Oggun, Ògún (San Pedro, San Juan, San Pablo, San Jorge, Santiago Apóstol, Hierro); Oggun Chibiriki (San Miguel Arcángel); Olokún, Òlóòkun (Nuestra Señora de la Virgen de Regla, Profundidad); Oke (San Roberto); Olofin (Jesucristo); Olorun (Espíritu Santo); Olosi (Satanás); Orisha Oko (San Isidro Labrador); Orula, Orunmila (San Francisco de Asís, Sabiduría, Destino); Osain (San Antonio Abad y San Silvestre); Osanyín (San José, Hierbas); Oshosi, Òṣóòsì (San Norberto, Caza y Protección); Osun (San Juan Bautista); Oshún, Oxum (Nuestra Señora de la Caridad del Cobre, Eros); Oshumare, Oguidai (San Bartolomé); Oya (Nuestra Señora de la Virgen de la Candelaria y la Virgen del Carmen, Muerte); Shangó, Shàngó (Santa Bárbara, Fuerza); Yemayá, Yèmoja (Nuestra Señora de la Virgen de Regla, Maternidad); Yewa (Nuestra Señora de los Desamparados, Nuestra Señora de Montserrat, Santa Clara de Asís y Santa Rosa de Lima); ...

Es arduo mencionarlos todos (se habla de 401 deidades diferentes). El nicho de mercado en la chealdad de los altares yoruba y en los improvisados y destartalados templos caseros era, por lo menos, envidiable. A pesar de las preferencias por cuatro o cinco Orishas, el panteón Yoruba da para tomar y llevar y Exon, por si fuera poco, convirtió una de sus limitaciones creativas en virtud; creando una nueva tendencia en la que era, sin ninguna duda, "El Rey": los cuadros personalizados.

Mientras aumentaba la pobreza, los santeros (y, en general, todos los intermediarios de lo divino) aumentaban su riqueza. Si la necesidad es un dedo, la fe es un anillo. No hay nada como lo divino para huir de la realidad, para buscar consuelo, optimismo y desenvolvimiento. El hombre ya no puede confiar en sus fuerzas y se encomienda a las fuerzas celestiales. Mata animales, hace lo que haga falta, entrega lo último que tiene, con tal de recibir un poco de aliento, de promesa, de futuro, de salvación. En el mar de la desesperanza, la religión es como un ancla. Te hunde hasta al abismo con la promesa de una salvación que, si llega, será gracias a Dios y, si no llega, será porque Dios así lo quiso y quien dice Dios dice cualquier deidad mágica, con poderes soberbios, ya sea en su forma sincrética, ya sea en su forma africana, hindú, árabe, china, judía, o la que sea. Así funciona la divina providencia. Dios siempre gana. Da igual de si fracase o tenga éxito el cumplimiento de su promesa. Da igual si la moneda caiga de cara o de cruz. O quizá actúe por omisión. Mientras que unos hacen brujería para que el caballo, el innombrable, mancha de plátano, rosca izquierda (parece que afloja pero aprieta)... muera, otros se supone que desatan la artillería pesada para que viva (se decía que Celia Sánchez Manduley era su Secretaria de Estado de Asuntos Milagrosos).

Como sigue vivo, los primeros creen que el "tipo" tiene palanca en el cielo, que está protegido, resguardado, custodiado, por el mismísimo y desisten de hacer más no vaya a ser que se les venga en contra. Pero lo cierto es que no puede estar vivo y muerto a la vez así que el sistema de fuerzas anti-Newton lo explica todo, sin decir nada.

Los elegidos de la Regla Ocha tenían dinero y esos cuadros eran una muestra de su poder, no solo económico, sino espiritual. Exon ofrecía al cliente que escogiese su modelo. A veces era el mismo sacerdote o sacerdotisa, brujo o bruja, santero o santera, awo o quien fuera. A veces eran sus hijos, amantes, parientes o conocidos. Exon los pintaba hiperreales, tan reales que proyectaban una irrealidad y un poder divino que asustaba; los pintaba hermosos, a todo color; los pintaba con músculos, con fuerza, con pelos largos y lacios, con uñas delicadas y rasgos finos; los pintaba como titanes insuperables, como dioses. En una ocasión una Oshún semidesnuda se excitó tanto con su maestría que terminaron revolcados en la intimidad de su solar. La irrealidad valía un extra de entre unos 100 a 200 dólares pero los pagaban a gusto, sin rechistar; todo el que lo viera recordaría lo que no fue, lo que debería ser, lo que querían ser.

A veces los clientes creían que todos los orishas, de verdad, tenían determinado rostro; seguro el que habían visto en estampillas o láminas de libros viejos. En ese caso, Exon le pedía una referencia prestada para guiarse. A veces a los clientes no le importaba cómo eran, cómo debían ser; solo querían que apareciesen en su casa fulgurando poder y garra. En este caso Exon usaba a Mara como modelo, o a alguna compañera o compañero de enfermería. En cualquier caso, jamás a ningún amigo o conocido del mundo del arte. Esto debía mantenerse en secreto y, para que así fuera, jamás firmaba sus cuadros. No porque le avergonzara sino para mantener su anonimato, para ocultar su identidad. Exon no era una sola persona. Exon no era un "artista" (al menos en el sentido en que los artistas se creen a sí mismos artistas). Exon no era un "diseñador" (al menos en el sentido en que los diseñadores se creen a sí mismos diseñadores). Exon era un traductor de imágenes (entendía de continentes, no de contenidos). Exon no era un mesías, no era ambicioso, no tenía grandes planes. Por eso podía llenar las imágenes de fulgor, color, brillo y grandeza ajenos a cualquier autor, incluso a él mismo.

Exon encontró "SU FÓRMULA". A diferencia de Orlando Yanes su PODEROSA FUENTE DE INSPIRACIÓN no era "LA" NUESTRA REVOLUCIÓN (que Exon jamás consideró "SUYA") sino "LA" SUPERVIVENCIA. ¿CÓMO FUNDIR LAS EXIGENCIAS ESTÉTICAS CON LA INSPIRACIÓN "SUPERVIVIENTE"? "SU FÓRMULA" era simple: ser transparente. A Exon no le faltaba cerebro, sino ego. Sabía no hacerse notar. No lo necesitaba, le gustaba. No era conveniente. Exon era invisible a todas luces; estando solo parecía que no había nadie. Sus cuadros eran libres de autor; eran como epifanías de los poderes ocultos en el mar, el cielo y la tierra. Exon solo actuaba como un modesto mediador de estos deseos. Tenía el don de la levedad, de dejar ir las cosas, de soltar lastre, de no desear; uno de los grandes secretos de la felicidad: estar bien con uno mismo y con muy poco. Se podría decir que Exon había trascendido a sí mismo. Había conseguido "ser" sin "estar".

El mundo de la garrapata

Jakob von Uexküll ha sido uno los pocos biólogos que estudió en profundidad el mundo de la garrapata. Según éste científico:

La hembra fecundada trepa a la rama de un arbusto, a la espera de que pase un animal. Puede esperar varios días, varias semanas o varios años. En laboratorio han vivido hasta dieciocho años sin alimentarse ni moverse. No ve ni oye. Si huele la cercanía de un animal, se deja caer sobre él, chupa su sangre y, cuando está suficientemente nutrida, se deja caer en tierra, pone sus huevos y muere. Ese es el mundo de la garrapata.

¿Cuál es la probabilidad de que Exon se hubiese convertido en una garrapata? ¿Hasta que punto había sido de grave la metamorfosis? ¿Hasta qué punto se extendía por toda la isla? De eso hablaba Exon con Mara cuando tocó a la puerta Bebé. Llevaba mucho tiempo perdido. Exon le invitó a pasar. Le ofreció un té, que era todo lo que podía ofrecerle en ese momento, y se pusieron a hablar en la terraza. No sabía nada de Wolf y parecía que tampoco de sí mismo.

Mara estuvo un rato con ellos. Callada, ida, incómoda.

–Bebé, no te estoy botando pero vas a tener que pirarte –le soltó a bocajarro. Bebé la miró con cara de «¿por qué? ¿he hecho algo?» y Mara intentó ser educada–. Verás Bebé… las cosas han cambiado y necesitamos estar solos para recomponerlas. Necesitamos tiempo. No tiene nada que ver contigo… es cosa nuestra.

Bebé al principio no se lo tomó en serio. No se tomaba nada en serio. Pero la cara de Mara no dejaba lugar a dudas. Se levantó, cogió su mochila y su guitarra y, por supuesto, sin tomárselo mal, se fue como mismo vino. Cuando volvieron a quedar solos Exon abandonó el tema de las garrapatas.

–¿Qué es eso de recomponer las cosas?

–He estado pensando que nunca debí traer aquí a nadie, sabes –y Exon no sabía porqué debía saberlo, ni qué debía saber, ni mucho menos que aquello pudiera tener que ver con el robo–. Ahora tenemos una relación abierta. Se que tiemplas por ahí y no me importa. Yo también lo hago. Ya ni siquiera recuerdo por qué empezó todo esto, pero tampoco hace falta. Al final fue bueno para los dos. Te di a elegir. Te dejé que fueras tú quien decidiera si me iba o me quedaba porque yo ya había elegido. Estaba muy furiosa. En aquel momento ni siquiera sabía muy bien por qué. Estaba furiosa por todo a la vez; no por una cosa o por otra. Estaba rabiosa porque me sentí engañada. No hay cosa que me joda más que me engañen…; es como si te subestimaran, como si te lo merecieras, no se… es muy confuso… todo eso saca lo peor de mí. Creo que hemos… madurado, y quiero que este espacio sea solo nuestro. Afuera hay demasiada mierda, sabes. Tengo miedo. Nadie sabe lo que va a pasar y no se qué es peor. Que pase algo o que no pase nada. Aquí tengo paz. Esta casa es mi país, sabes.

Mara raras veces se ponía así de profunda, pero Exon no podía estar más de acuerdo. Aquel país, sin banderas, ni himnos, ni escudos, ni mártires; aquella micro-nación era en realidad todo lo que deseaban tener, no lo que necesitaban, pero el deseo y la ambición solo podía condenarles.

–¿Me quieres? –le preguntó Exon.

–¿Acaso lo dudas?

–No. La verdad es que no.

–Yo tampoco –contestó sin esperar la pregunta–. Por eso no te he dejado –Mara no lo dudaba. Exon no lo sabía, pero ella confiaba en él. Era su héroe. Mara no lo sabía, pero él creía en ella. Era su brújula. Se necesitaban biológicamente; como necesita una garrapata a un animal para fundir la vida con la muerte.

Mara no lo dijo pero sabía, con absoluta perfección, que el mundo no era ni verdadero, ni falso. Exon quizá lo habría dicho en otros términos. La geometría no es ni verdadera, ni falsa. Einstein eligió las cuatro dimensiones de Minkowsky y la geometría de Riemann porque le venía mejor para describir con mayor rigor "su realidad"; pero eso no significaba que la geometría de Euclides fuera falsa. Otro gran matemático, Henri Poincaré, lo explicó en términos más prácticos. Para cada experiencia, digamos, existe una geometría (que no es más que una ficción) más apropiada. Así es la realidad, ni una cosa, ni otra. Lo que jode es que te vendan la geometría inapropiada con conocimiento de causa. A Mara, aunque tampoco lo dijo, la gustaba la irrealidad al lado de Exon. La realidad es aburrida, agotadora, demoledora: una máquina de moler carne. ¿Qué fuera de la experiencia sin la ficción? Es bueno reinventarse. Es necesario reinventarse.

La probabilidad de que una persona suba a un taxi en Chicago y que, años después, el mismo conductor le recoja en Miami es de 1 entre 766. La probabilidad de que haya dos personas con el mismo cumpleaños en un grupo de 23 individuos es de 1 entre 2. La probabilidad de que un mono teclee al azar la palabra inglesa "shall" en una máquina de escribir es de 1 entre 11,88 millones. La probabilidad de que dos personas aisladas tengan un ADN tan parecido que parezca idéntico es de 1 entre 1000 millones. La probabilidad de que Exon se convierta en una garrapata es de 1 entre… quién sabe. «Si algo puede suceder, acabará sucediendo». Se parece a la Ley de Murphy, pero es la Ley de los Grandes Números: si un experimento se realiza un número suficiente de veces, acaban saliendo los resultados más insospechados. La Ley de Murphy tiene, según la Ley de los Grandes Números, una probabilidad de 1 entre 2. «Si algo puede salir mal, saldrá mal» cobra sentido si se admite que la probabilidad de que salga mal es mayor que la probabilidad de que salga bien. Mara apostaba por una probabilidad positiva. Exon también. Esto exigía eliminar la mayor cantidad de transferencia posible entre los mundos, cortar de raíz la interferencia, un bloqueo consciente, voluntario, una inmolación social, un suicidio vital.

Es como si, a partir de entonces, al llegar a casa tuvieran que dejar los zapatos llenos de mierda afuera, tras la puerta, para entrar. La casa de "abajo" sería solo para recibir la visita de los elegidos: los pocos que aún no se habían marchado, y para los fantasmas que aún habitaban en ella, aunque ya no tocaran aquel piano desafinado. La casa de "arriba" quedaría solo para ellos. Sería su refugio: el mundo de Mara, el mundo de Exon, el universo de los dos.

Sin embargo «si algo puede salir mal, saldrá mal», por mucho que te blindes, incluso de ti mismo. El mundo es un ser interconectado. El aleteo de las alas de una mariposa en Nueva York se puede sentir al otro lado del mundo, en La Habana, en el mundo de Mara, en el mundo de Exon, en el universo de los dos.

Diversionismo no es diversión

Cuando Mara abrió la puerta y vio al Wendigo parado en el umbral sin nada en las manos pasó de la alegría a la confusión en menos tiempo del que necesita una bomba para desplegar su furia destructiva. Tenía la osamenta cortada; apenas dos tapones de hueso a ambos lados del cráneo. Mara estuvo tentada de preguntarle: ¿Qué le ha pasado?, pero el Wendigo no le dio tiempo.

–Vengo a disculparme –le dijo.

–¿Disculparse? ¿De qué?

–Mi actitud con usted fue irrespetuosa. Vine a ofrecerle algo... diversionista.

–¿Diversionista? –Mara no daba crédito a lo que estaba oyendo. ¡Un consolador... diversionismo ideológico!

–Si, algo impropio en una sociedad revolucionaria como esta. Perdone. No volverá a ocurrir –dijo y desapareció en un lapso mucho menor que el tiempo de reacción de Mara. Ella que deseaba y necesitaba más que nunca aquel consolador de colores de la talla 40,4; ella que había rogado en silencio porque aquella criatura volviese para enmendar su error; ella que... resulta que era cómplice del fantasmagórico delito de "diversionismo".

Diversionismo no es diversión; está en las antípodas del entretenimiento y la laxitud. Diversionismo es una palabra que no existe en el diccionario de la Real Academia Española. La inventaron los ideólogos de la Revolución en los años 70 para "categorizar" todo bajo parámetros ideológicos. "Diversionismo ideológico" define cualquier acción, concepto, idea, conversación o publicación, considerada por el gobierno capaz de "confundir" a la población y desviar la atención de las "masas" de las tareas e intereses de la Revolución y, por lo tanto, servir a los intereses del "enemigo"; por ello debe ser reprimido y castigado con ejemplaridad.

Diversionismo era el mecanismo natural diseñado para la conversión entre delincuente y disidente, la justificación inapelable de una transición de pensamiento desleal, de un salto de revolucionario a contrarrevolucionario. Su propia definición llevaba implícita la condena. «Esto significa que dentro de la Revolución, todo; contra la Revolución, nada». Fidel lo advirtió en el 61, para que no hubiera duda después.

Contra la Revolución nada, porque la Revolución tiene también sus derechos; y el primer derecho de la Revolución es el derecho a existir. Y frente al derecho de la Revolución de ser y de existir, nadie –por cuanto la Revolución comprende los intereses del pueblo, por cuanto la Revolución significa los intereses de la nación entera–, nadie puede alegar con razón un derecho contra ella. Creo que esto es bien claro.

¿Cuáles son los derechos de los escritores y de los artistas, revolucionarios o no revolucionarios? Dentro de la Revolución, todo; contra la Revolución, ningún derecho (APLAUSOS).

¡Aplausos! ¡Aplausos! ¡Aplausos! Las ratas verdes salen de las cloacas para aplaudir. Son negras, pero en la oscuridad parecen verdes, verde olivo. Algunas llevan banderitas rojas, blancas y azules y las agitan al aire.

Es la comparsa que festeja la privación de los derechos "contra" la Revolución. Los perros salivan. Esta bien claro. Lo dejaste mucho más que claro, Fidel. Confundir a la población, desviar a las "masas", va contra la Revolución, es un servicio al enemigo, y es, por lo tanto, delito. Un delito grave porque va contra los intereses de la "nación entera".

Exon quiere compartirlo con Mara, pero no puede. Mara quiere compartirlo con Exon, pero no puede. Si sale de la boca es diversionismo, si entra por los oídos y se articula en idea convierte en cómplice al portador y lo peor, no sirve de nada. La caída del muro fue un duro golpe contra la Revolución: la obra total del diversionismo. Al día siguiente retiraron de las bodegas la mantequilla que importaban de la RDA; también la leche condensada, los pimientos y la carne enlatada que venía de la URSS. El último número de *Sputnik* que se vendió en la Habana decía que Leonid Bréznev, secretario general del PCUS entre 1977 y 1982, había sido un líder que babeaba y se dormía en las reuniones del Comité Central. Bréznev, el gran líder, ¡se babeaba y se dormía! Esto era el colmo del diversionismo. Habría destrozado el *Detector de ideologías* de Lázaro Saavedra. Era el foco de una terrible epidemia que podía crecer con proporciones geométricas de E elevado a algo que tiende a infinito, al desmerengamiento del campo socialista. Algo que podía dejar a la Revolución con el culo al aire. Algo diversionista *in extremis*. Algo peligroso, ideológico, que no podía ser reprimido y castigado con ejemplaridad.

No eres el más comemierda...

Ese fin de año, cuando parecía que la Isla se hundía sin remedio en la mierda y la metamorfosis iba a ser generalizada, un día cualquiera de una semana cualquiera, el padre de Exon se apareció en su casa con una pequeña maleta en la mano. Mara no estaba. Algo grave, gravísimo, debió de suceder para recibir la honra de aquella visita. Exon no abrió la boca; solo la puerta de "abajo". Su padre subió sin distracción por la escalera a la casa de "arriba". Exon le siguió, tuvo que adelantarle para abrirle y seguirle al salón.

–¿A Mamá le... –intentó Exon romper el hielo.

–Siéntate ahí –ordenó su padre apuntando al sofá–. Tu madre está bien –Siguió dando paseítos como una pantera sedienta en una jaula pequeña quizá buscando por donde empezar su discurso, quizá esperando recuperar un mínimo de aplomo. La primera frase siempre es la más difícil: –Hijo, tú no eres el más comemierda de este planeta sabes por qué... por comemierda. ¿En qué cojones estabas tú pensando cuando vendiste ese cuadro falso? ¿Eh? ¡En qué cojones! ¿Me lo puedes decir? –y Exon no se lo podía decir, porque no sabía a cuál de esos cuadros falsos se refería; pero podía intuirlo. Las cosas no funcionan así.

«Hacer dinero es arte», podía decirle, pero le rompería los dientes… por comemierda; así que se mantuvo en silencio–. Tienes una orden de búsqueda y captura Fernando. ¿Sabes de quién? De la Interpol, tú, ¡mi hijo! ¿Es que no sabes que soy oficial del Ministerio del Interior de este país, hijo? ¿Por qué lo hiciste? ¿Para joderme?

–Papá.

–¡Cállate! –siguió mandando y Exon obedeciendo; ahora que las palabras salían sin ninguna dificultad–. Allá afuera está la patrulla que viene a buscarte –Exon no había visto a nadie, pero sabía que esto si que funcionaba así–. Me han dejado subir solo porque eres mi hijo y yo todavía soy un oficial de alto rango y me respetan y en el fondo piensan que todo esto ha sido un error –no solo lo habían dejado subir sino que lo mandaron a buscar a Holguín, pero eso ya lo intuía.

–Papá.

–Hay un delincuente detenido, de nombre Pascual Valverde Belmonte, que jura y perjura que tú pintaste esto –dijo y sacó de su maletín lo que parecía ser un informe policial con recortes de prensa, fotos, etc., y lo tiró sobre él. En aquella "documentación" pudo leer a vista de pájaro varios titulares de prensa:

Una pintura desaparecida de Frida Kahlo será subastada por $2 millones de dólares

Sotheby's, reconocida casa de subastas en Nueva York, rematará el cuadro "Niña con la máscara de la muerte", óleo sobre metal de la mexicana Frida Kahlo, considerado una pintura desaparecida durante décadas.

Análisis científico pone en duda la autenticidad de la obra "Niña con la máscara de la muerte" de Frida Kahlo

El cuadro "Niña con la máscara de la muerte", un óleo sobre metal de la artista mexicana Frida Kahlo, vendido por Sotheby's por $2 millones de dólares, de confirmarse el análisis, sería uno de los fraudes más grandes del arte de este siglo. Varios reconocidos *connoisseurship* avalan la autenticidad de la obra; sin embargo, un análisis científico solicitado por el comprador (quien prefiere mantenerse en el anonimato) arroja dudas sobre su autenticidad. A la espera del informe definitivo…

La obra de Frida Kahlo "Niña con la máscara de la muerte" es falsa

La firma del cuadro "Niña con la máscara de la muerte" es falsa. Expertos en cromatografía científica han revelado que la firma es reciente y no se corresponde con la rúbrica de la artista del dolor; a pesar de la originalidad del lienzo y de las pinturas, que se corresponden a la época atribuida: 1938, y a pesar de la técnica, que corresponde a la perfección con el estilo realista detallista y naíf de la artista. Se ha hallado un mensaje ofensivo bajo la signatura.

El mensaje ofensivo era «comepinga»; algo, por supuesto, insólito en una obra de Frida Kahlo por mucho que para verlo hubieran necesitado de una sofisticada cámara de infrarrojos.

Había un dossier bastante completo (lo que la Seguridad del Estado llama Expediente) de aquella falsificación; que en realidad no era una falsificación. Había fotos de una rubia, supuesta nieta de una abuela, que fue propietaria del cuadro. Había copias de certificados de autenticidad. Había fotos de Pascual, incluso fotos de Exon y de su Carnet de Identidad. Había documentos y recortes de prensa de expertos, de aficionados, de policías ignorantes de arte, de *connoisseurship* ignorantes de leyes. Había textos en varios idiomas y fotos del cuadro de todo tipo: infrarrojo, ultravioleta, visible, multiespectral, rayos X. Era un embolado en toda regla, con culpables en toda regla, todo estaba ahí escrito. Todo.

Pero no todo era verdadero, ni falso. Exon, el falsificador, no era un falsificador.

—Papá —insistió de nuevo después de revisar los "papeles"—. Papá, no tienes porqué preocuparte. Yo no he cometido ningún delito. ¿Pinté el cuadro? Si. Eso no está prohibido. ¿Vendí el cuadro? También. Tampoco está prohibido ¿Lo vendí en dólares? También. Estaba prohibido, pero no para mí. Soy mexicano, lo sabes. Puedo tener dólares… y ya ni siquiera es delito.

—¿Por qué te buscan entonces?

—Porque Pascual ha dicho que yo lo pinté y es verdad, pero yo no lo firmé. No suplanté la identidad de nadie. El creyó que compraba una falsificación de Frida Kahlo, pero yo solo le vendí un cuadro mío. Esa obra ni siquiera existe. Me la inventé a partir de unas imágenes. Siempre desconfié de él. Sabía que metería la pata. Él me dijo: «Esto es para una jebita alemana. No sabe ni pinga. No se va a enterar de nada». Pero esa jebita alemana tenía todas consigo para meter la pata. ¿Venir a buscar un cuadro de Frida a la Habana? ¿Confiar en Pascual? «Comepinga», es el mensaje ofensivo que escribí bajo la pintura. Pero no lo firmé —repetía, mientras su padre se preguntaba porqué era tan importante eso que repetía. «¿Cómo cojones sabrían si había firmado él o no?»—. Lo habrá firmado Pascual, o su jebita, o quien sabe quién, pero eso no es asunto mío. Si lo hubiera firmado sí que estaría en candela, pero no lo hice. Incluso podría decir que ni siquiera lo pinté porque sería la palabra mía contra la suya. ¿Tendrían que demostrarlo, no?

Su padre se mantenía en silencio, tan callado como una garrapata que espera a un animal para lanzarse sobre él, pero estaba impresionado de cabo a rabo. «No eres el más comemierda…».

Su hijo no solo no era ningún comemierda, sino que era más inteligente que él, que sus compañeros, que todo el Ministerio del Interior. Tenía más que un don. Aquí no pararía la cosa. Le interrogarían aunque fuera para darse a "su lugar", para sacar pecho, para pasar el trámite, para quedar bien con la Interpol, pero no sacarían nada porque no había nada que sacar. En el fondo se alegrarían de una picardía como esta: burlarse de los hijos de putas capitalistas.

Papascu tendría otra suerte. De hecho tenía antecedentes penales. La "jebita" quien sabe. Era europea. ¿Quién falsificó los certificados de autenticidad? ¿Quién intentó vender en una subasta una obra falsa? ¿Qué le llevó a pensar que sería tan fácil? ¿Quién firmó? El cuadro estaba bien pintado. Era un Frida. Podía haberlo contemplado el resto de su vida si hubiera querido. Lo hubiera tenido para ella. Su padre quiso abrazarlo, pero se contuvo; era un lujo que no se podía permitir. –Ven conmigo –le pidió–. Solo será un momento –le prometió–. Estarás aquí para dormir con tu mujer.

Dorothea Tanning, pintora y viuda de Max Ernst, llegó a decir de una falsificación de Beltracchi que era el cuadro más hermoso pintado por su marido. Wolfgang Beltracchi se hizo famoso, no tanto por sus excelentes falsificaciones sino por el desliz de "la pintura blanca" que le llevó a la cárcel con su falso Heinrich Campendonk, *Cuadro rojo con caballos*, subastada en noviembre de 2006 y comprada por la compañía maltesa Trasteco por 2.88 millones de euros. Beltracchi siempre usó blanco de cinc, mezcal muy normal en época de Campendonk; sin embargo, mientras la falsificaba, se le agotó el pigmento y utilizó en su lugar un producto holandés que contenía una pequeña cantidad de blanco de titanio, producto que no existía en 1915; cuando se pintó el original perdido.

Los nuevos dueños del cuadro encargaron un análisis científico que detectó el fraude. Ese pequeño descuido le llevó a la cárcel.

Beltracchi conocía el arte del expresionista Campendonk hasta tal punto que podía pintar un cuadro del que solo conocía el título, nada más, ni siquiera fotografías ni una simple descripción. Si así es ¿a quién corresponde la autoría del Cuadro rojo con caballos?, ¿a Campendonk o a Beltracchi?

Beltracchi era tan profesional que incluso falsificaba el contexto de la obra que falsificaba. Para demostrar la autenticidad de una "colección", Beltracchi llegó a falsificar fotografías de la supuesta esposa del industrial Werner Jägers, con la suya, Helena Beltracchi, posando en un salón típico de los años 20 en cuyas paredes cuelgan obras de Max Ernst, Fernand Léger, Heinrich Campendonk y André Derain; también copias de Beltracchi.

Fragmento de *Los restauradores*, Lino García.

Quince minutos de gloria

«En el futuro todo el mundo será famoso durante quince minutos. Todo el mundo debería tener derecho a quince minutos de gloria», dijo Andy Warhol en 1968. Exon sería famoso mucho más de quince minutos. Exon era el "falsificador" que, sin "falsificar", puso en ridículo la experticia de los supuestos entendidos y la acción judicial de los presuntos inquisidores; pero los burladores nunca caen bien a los burlados y cuando los burlados son "el sistema", la gracia puede ser subversiva y salir cara, muy cara.

Su padre tenía razón. Le preguntaron hasta por el mal que iba a morir.

–¿Por qué se hace llamar Exon?

–Es mi nombre artístico.

–¿Por qué se dedica a pintar "cosas" de otros?

–Me gusta. Todos los artistas pintan "cosas" de otros. Se aprende a pintar imitando. Yo sigo aprendiendo.

–¿Por qué se lo vendió a su amigo?

–Pascual no es mi amigo. Me lo encargó para su novia que era admiradora de Frida y yo lo pinté.

–¿Admite usted que lo pintó?

–Claro. Yo lo pinté.

–¿Sabe usted que eso es un delito? ¿Lucrarse con las "cosas" de otros?

–Yo no me he lucrado con las "cosas" de nadie. Ese cuadro es mío.

–¿Firmado por Frida Kahlo?

–No lo firmé.

–¿Quién entonces?

–No lo se.

–¿Y por qué sabe que está firmado por otro?

–No voy apropiándome por ahí de las "cosas" de nadie. Si usted dice que está firmado es porque otro lo ha firmado. Ese "otro" es el que comete delito, no yo.

–¿Por qué puso ese mensaje debajo de la pintura?

–¿Eso también es delito?

–Soy yo el que hace las preguntas. Usted limítese a responder.

–...

–¿Se niega a responder?

–No. El mensaje era solo una broma.

Y vuelve a empezar. Una batería de preguntas iguales con otras parecidas, con otras nuevas. Así durante dos o tres horas. No encontraban dónde estaba la gracia del chiste, al sistema no le gustan las bromas ni los graciositos, pero tampoco había delito, ni firma. Cuando se cansaron o, mejor dicho, cuando comprobaron que no había contradicciones en su declaración, le dejaron ir no sin antes amenazarle.

–No puede salir de su domicilio –le ordenaron.

–¿Estoy preso en mi casa? –preguntó Exon con cierto sarcasmo. Se iba a callar, pero a esas alturas su paciencia estaba bajo mínimos y, por otra parte, sabía que jugaba con cierta ventaja–. ¿Voluntariamente?

–Tiene que estar localizado. Le volveremos a interrogar... hasta que haga falta... hasta que esto se aclare –en realidad,

Exon no veía qué más podía aclararse. Quizá lo que quería decir en realidad era: «hasta que esto se solucione», que es bien distinto porque suponía ganadores y perdedores, victoriosos y vencidos. Era un supuesto problema internacional. Su padre lo esperaba fuera. Lo llevó a casa en un Alfa Romeo color rojo vino y matrícula verde. No conducía él, sino un chofer; ambos vestidos de civil.

–Regreso a Holguín con tu madre –se despidió en la puerta–. Estaré pendiente. Parece que "todo está aclarado" pero, por favor, evita meterte en cualquier problema.

Exon bajo del carro y su padre levantó el brazo en señal de adiós; era el máximo gesto de amor que se podía permitir un oficial gordo de la seguridad del Estado (padre fundador de la contrainteligencia cubana y comecandela desde la Sierra Maestra) en público. Así eran los tipos duros que defendían al país en la sombra; aunque nadie tuviera muy claro de qué, por qué y con qué; aunque fuera de uno mismo.

Entró a casa pensando en la monumental cagada de Pascual: ahora la cagada más triste de la historia. La torpeza pesa, no se si más que la ambición, pero pesa tanto que puede enterrarte en el abismo. Su cagada era superlativa; no de pájaro, no de vaca, sino de dinosaurio, de Godzilla, de monstruosos seres mitológicos, de los orishas más escatológicos y despiadados. A pesar de su intento de delación sintió pena por él y, como casi siempre una pena llama a otra, sintió una monumental pena por todo. No había luz. El apagón era total. De noche todos los gatos son negros. Pero esta negrura superaba con creces la ausencia de luz. Son los tonos de la vergüenza, de la desesperanza, de la pérdida de ilusiones, del engaño, del miedo, de la mierda. Exon subió a la casa de "arriba" como si nadara sin luz por una fosa entre oceánica y séptica a mil kilómetros de distancia de la humanidad. Olía a tormenta.

Mara estaba preocupada.

–¿Ese del carro era tu padre? –preguntó quizá pensando en un nuevo incidente de "la rubia".

–Si, era él, pero no te preocupes, ahora te cuento –dijo y se tiró en el sofá oscuro, en la sala oscura de tanta oscuridad, caliente como el desierto luminoso.

–Ven, vamos al patio mejor. Métete en la bañera y me cuentas –Exon la miró preguntando sin preguntar «¿Hay agua?» y Mara le respondió sin responder cogiéndole de la mano y tirando de él hacia fuera.

Se desnudó y se metió en la bañera. El agua estaba fría. Era justo lo que necesitaba. Se sumergió entero. Abrió los ojos y pudo ver a Mara contemplándole tras un mar de espejos diminutos. Quedaba una cerveza fría. Se la bebieron entre los dos, mientras Exon le resumía la "experiencia". Exon con la cabeza a flote y Mara encogida sobre una silla. Exon era capaz de saltar sobre la cuerda que divide el bien del mal como un funámbulo atlético sin aspavientos, con los ojos cerrados. Mara sintió ternura, orgullo, admiración, inspiración, temor, todo eso junto y se excitó tanto que mojó el blúmer. Se desnudo lenta, contenta, divina, radiante, sensible, fértil, tersa, perversa, y se metió junto con él en la bañera. El agua subió unos grados. Se acostó encima de él rozando, levitando, maciza, húmeda y le besó. Le besó con amor, con pasión, con ganas, como si solo fuese ella, él y el universo. Exon sintió una erección pero Mara le detuvo.

–Vamos a jugar a un juego –propuso. Exon no dijo nada. Mara sabía siempre lo que quería, incluso lo que él quería. Ella se fue y regresó con una sábana y unas tijeras. Exon suplicó a todos los orishas en los que no creía que apartaran de Mara cualquier intención de cortarle el rabo con aquellas tijeras y envolverlo con aquella sábana–. Ven, sal del agua –le ordenó Mara y Exon salió con un frío tremendo, erizado de pies a cabeza, expectante.

Mara se rió. No le iba a cortar nada. Lo tiró al suelo, despacio, suave. Hizo una especie de cono con el vértice en el centro de la sábana y cortó un minúsculo trozo–. Relájate, cierra los ojos, acuéstate –siguió ordenando mientras le ayudaba a tumbarse en el suelo. Luego le cubrió como a un muerto con aquel manto blanco. «Exon no era capaz de sentir placer sin sábana» pero Mara era tolerante, inteligente y madura. Sacó por el agujero su pinga, ni muy ancha, ni muy larga, ni muy gruesa. Primero la beso con suavidad, luego se la tragó hasta el cuello. Exon tuvo una erección quijotesca; era imposible doblarla. Desde la opacidad de la sábana quería aferrarse al suelo, arañarlo, catapultarse, pero ahí estaba agarrado a Mara por un tubo rabioso y henchido. Mara se hundió en él, hasta donde pudo, hasta donde los huevos le dejaron y se movió con ternura. Tuvo varios orgasmos seguidos. Gritó todas las cochinadas que se le ocurrían. Le llamó hijo de puta, cabrón, singa'o. Le hundió las uñas en las piernas perforando la sábana. Le agarró por los huevos, los exprimió, casi se los arranca. Le recriminó haberle hecho sufrir tanto, extrañar tanto aquella cosa que con cada movimiento le hacía rabiar de placer. Debajo la lava estremecía aquel territorio cubierto que no era isla, ni cayo, ni piedra, ni río, ni costa. Mara era Christo cubriendo su santísima carne dormida para despertarla; era Cristo cubriendo su carne mutilada para su resurrección. Mara era Dios del que solo se puede saber lo que no es. Debajo, un deseo telúrico en erupción. Al final Exon se estremeció en violentas convulsiones envolviéndola, agarrando su culo firme con sus manos fantasmas, mordiendo sus pezones con sus dientes esperpénticos mientras Mara blandía entre espasmos toda su arquitectura, agarrando su pelo espantajo con sus garras, mordiendo el silencio con desgarro.

–Entonces, ¿sabe que es mío? ¿Que esto es mío? –dijo, poniendo la mano abierta sobre la página de la revista.

–Mi querido amigo, «Si el público cree que un cuadro es de Rafael y está dispuesto a pagar el precio de un Rafael», dijo Valentine, ofreciendo un cigarrillo, «entonces es un Rafael».

Fragmento de *Los reconocimientos*, William Gaddis.

Ese era el plan B

El juego de Mara pareció solucionar "el problema" de cuajo. Así que, entre viajecitos a la unidad de investigación y largos y aburridos interrogatorios, probaron nuevos juegos sexuales con satisfacción en su acostumbrada prisión doméstica. Solo había que, como a los halcones, taparle la cabeza, esa que parecía separada del cuerpo.

En cualquier país del mundo Exon no tendría 15 minutos de fama. Sería la estrella, el héroe nacional. Le esperarían *paparazzis* en la puerta de su casa. La prensa rosa le destriparía todos los trapos sucios. Lo invitarían a todos los platós de televisión. Ocuparía las portadas de todo el papel cuché. Sería entrevistado, preguntado, venerado, en las escuelas de arte, en los programas de humor, su voz inundaría la radio y su imagen la televisión. Sería el puto amo del universo. Sería tan famoso como Warhol por un tiempo. Él lo sabía, podía verlo de cuando en cuando, aunque no lo deseaba.

Sus 15 minutos de gloria se convirtieron en días de infierno y noches de condenación. Exon era el más famoso en la unidad de investigación, en el Ministerio del Interior (con máxima probabilidad hasta el mismísimo Fidel Castro estaría pendiente del "asunto"), en el mundo institucional del arte, entre profesores, comisarios (de todo tipo), críticos de arte. ¿Cómo era posible que aquel ser, autodenominado Exon, graduado por la Academia Nacional de Bellas Artes San Alejandro (donde estudiaron, entre otros, Eduardo Félix Abela Villarreal, Fidelio Ponce de León, Jorge Arche, Raúl Martínez González, Rita Longa, Roberto Fabelo, Tomás Sánchez y Víctor Manuel), hubiera copiado con tanta perfección a la mismísima, grandísima, excelentísima y veneradísima Frida Kahlo? ¿Cómo era posible que aquel ser, que tenía una mano "especial" y un cerebro "normal", fuese capaz de semejante proeza?

Exon era el más famoso entre los pocos rezagados que vagaban por La Habana con la mochila a cuestas de su decepción. Todos los días sonaba el teléfono muchas veces. Ninguno parecía darse cuenta que estaba intervenido, que todo lo que dijera en su contra sería usado en su contra y todo lo que no dijera también. Ninguno parecía valorar su "talento". Todos llamaban más bien para verificar, para pellizcarse el pellejo a ver si era verdad, eso que se decía en la calle. «¿En serio fuiste capaz de hacer eso? ¡No me jodas!». Con el tiempo, aunque él lo había reconocido siempre: «Por supuesto. Yo lo pinté», empezó a ser cuestionado. Pascual lo largó desde el principio pensando en descargarse de culpa sin saber que cargaría toneladas de mierda el resto de su vida. Pascual estaba muerto y no lo sabía. Exon lo admitió desde la primera pregunta, pero lo que se cuestionaba era que alguien tan "normal" pudiera hacer algo tan "excepcional". Lo falso no era que hubiera falsificado sino, en realidad, que hubiera podido hacer esa copia. «¿Por qué nos engaña? ¿Cómo se atreve?», e ahí la cuestión. No lo dejaban en paz porque creían que detrás de algo tan claro y meridiano solo podía esconder algo monstruoso y truculento.

Tiraron de la sábana y la mierda inundó la unidad de investigación y la unidad de "inteligencia". No era un caso aislado. Lo que parecía una pataleta de ricos era un fraude sistemático y organizado. La lista negra de diplomáticos, funcionarios de alto rango de países amigos, funcionarios de cualquier rango de países enemigos, turistas, cantantes famosos, artistas de cine… La lista era interminable. Desde Cuba no solo se movían al extranjero obras de arte "falsas" sino lo que es peor, también "verdaderas". Todo sin control. Hasta de la mismísima Oficina del Historiador había indicios. Se ordenaron inventarios, registros, detenciones arbitrarias, detenciones organizadas, detenciones masivas. En cada maniobra asomaba una nueva "maniobra".

Exon estaba detrás de muchas de estas "maniobras" pero, por mucho que le registraron, no encontraron aquella falsa pared al final de la pared literaria. Los perros entrenados pueden oler cualquier cosa. Tienen 220 millones de células olfativas al lado de las 5 millones que tiene el hombre. Pueden oler drogas, bacterias, cuerpos de ahogados, trampas, equipamiento militar, cagadas de ballenas, pulgas y garrapatas, minerales, hasta cáncer. Es difícil creer que no puedan oler óleos. Pero, por la razón que fuera, cuando llegaba el seguroso con su perro a rastrear, no encontraba nada. Olía por aquí y por allá y movía el rabo asustado, pero nada más. Quizá porque no les importa, quizá porque los inquilinos invisibles que ya apenas daban guerra les despistaban, quizá porque Exon había colgado lienzos frescos en el enorme salón. Pared es lo que sobra. Allí podían contemplar cuatro o cinco orishas con cara de pocos amigos dispuestos a joderles la vida para siempre al primero que se les atravesase. Unos dioses más reales que las mismísimas deidades.

Así que, si estaba limpio y todo el mundo del arte le consideraba un sin cabeza con manos, ¿qué coño pasaba entonces? Para salir de dudas los segurosos diseñaron un plan. Tenía que demostrarlo. Era más fácil dejarlo en sus manos. Si Exon mentía le forzarían, como fuera (y a pesar de su padre), a decir la verdad. Quizá se tratase de una maniobra encubierta mucho más grave del enemigo. Quizá se tratase de un complot internacional. Quizá fuese el colmo de la guerra fría o de diversionismo extremo. Exon, a pesar de todo, era extranjero. Si Exon decía la verdad, a Pascual Valverde Belmonte, Papascu para los "amigos", se le caería el pelo, le cogerían el culo en cuanto se le resbalara lo que sea que sirviera de jabón, lo aplastarían como a una garrapata, le desgraciarían para siempre en escarnio. Ese era el plan B.

El mes que duró cien años

Esa vez vino un carro azul marino con dos guardias vestidos de civil, siempre con camisas de rayas o guayaberas y espejuelos de aviador con cristales verdes o negros y caras de estar muy concentrados, atentos y contrariados. Exon bebía café pero ya estaba acostumbrado. Suponía que el taxi oficial era cortesía paterna; aún siendo un delincuente (aún no había demostrado lo contrario) seguía siendo su hijo y su padre un seguroso de la plana mayor. Había niveles y jerarquías.

Les ofreció un "buchito" de café a los contraídos, que aceptaron sin rodeos y, con absoluta amabilidad, se fueron los tres a la "oficina"; sin embargo, el carro parecía perderse. Siguieron de largo y de largo y de largo. Por un momento Exon sintió que le llevaban al monte para amenazarle con un tiro en la cabeza, pero por fortuna se detuvieron en "San Alejandro". Sintió de súbito como se agolpaban muchos recuerdos en su cabeza pero, es curioso, aquel lugar tan familiar, le pareció ajeno. "San Alejandro" era más Santo que Academia. Algo en lo que creyó y no reconocía.

Era un día normal. Los estudiantes se movían de un lado a otro mientras él atravesaba aquellos pasillos que creía conocidos con su extraña comitiva tiesa. Todos le miraban extrañados. Cualquiera podía imaginar, sin mucho esfuerzo, que aquel séquito olía a "candela". ¿Quién era el elegido? Nadie podía imaginarlo a pesar de la fascinación que proyectaba.

Exon no vio a nadie conocido o al menos eso le pareció. Él no saludo a nadie, ni nadie le saludó a él; ni siquiera las paredes. Parecía que la escolta apestaba; o quizá era él solo. El paseo terminó en un reservado pequeño en el que nunca había estado, al que solo se podía llegar desde la Dirección. Allí esperaba un caballete, una lámina mediana de *El rapto de las mulatas* (un óleo que pintó el vanguardista Carlos Enríquez Gómez en 1938), también una paleta bastante limpia y un juego de tubos de óleo más o menos adecuado. Mira por dónde *El rapto...* es una referencia al mito clásico *El rapto de las sabinas*; un tema recurrente a lo largo de la historia del arte: el grupo en mármol producido por Giambologna en 1583, en la Lonja de la Plaza de la Señoría de Florencia; los dibujos de Nicolas Poussin, de 1633, que se encuentran en la Galería Uffizi, también en Florencia; el cuadro de Jacques-Louis David, del Siglo XVIII, e incluso la versión de Pablo Picasso en el Siglo XX. Exon pasó revista a cada uno de los presentes por turno; también a la Directora de la Academia, que les condujo con amabilidad hasta allí en silencio.

—Tienes que pintar esto —le ordenó uno de los agentes de paisano.

—¿Tengo? —preguntó Exon igual que si le hubieran ordenado a darle una vuelta a la Escuela corriendo.

—Tu verás. Tú eres el que está en candela.

—Yo pinté una obra de Frida Kahlo, no de Carlos Enríquez.

–Mira, yo no se nada de nada –aclaró uno de ellos–. A nosotros nos dijeron que te trajéramos aquí para que pintaras esto. Eso es todo. Si quieres lo haces y si no, nos vamos a "la unidad", y que ellos decidan.

–Esto no funciona así –dijo Exon después de un largo silencio del tipo «me lo estoy pensando»–. Si tengo que pintar esto, y quieren que quede igual –cuestionar la obligación de hacerlo solo complicaría las cosas–, necesito estudiar primero su técnica... saber cómo pinta –la Directora hizo mutis por el foro con cara de «disculpen, tengo cosas que hacer», sin que se notara en lo más mínimo que su cara era de «disculpen, tengo cosas mejores que hacer»–. Yo no soy mago –concluyó Exon. Los dos agentes se miraron entre ellos en plan «este tipo es un farsante», pero uno de ellos habló por los dos.

–Tómate tu tiempo. Nosotros no tenemos prisa.

Exon se tomó su tiempo. Le llevaron allí a diario durante más o menos un mes. Estuvo varios días mirando la imagen. Pidió algún catálogo de Carlos Enríquez. No había. Pidió otras imágenes de Carlos Enríquez. Le trajeron solo algunas más; sin entender, con franqueza, para qué necesitaba ver unas cosas cuando tenía que pintar otra. Cuando por fin cogió un pincel, le pidieron una pausa y montaron una videocámara portátil para grabarlo. Varias veces se fue la luz y había que parar la sesión (la cámara no tenía batería). Tenían la orden de grabar todo el proceso. Exon se preguntaba, viéndolos manipular el equipo, si en realidad aquella grabación estaría bien "grabada". Apenas hablaban. Exon pidió que le dejaran poner música; que era así como trabajaba. Después de mucho tira y afloja aceptaron. Le dejaron traer su grabadora y algunas cintas. Entre Génesis, King Crimson, Yes y Jethro Tull, aquellos hombres estaban desesperados porque Exon terminara. Pero él subía el volumen y seguía a su ritmo: trazo a trazo, pincelada a pincelada.

Carlos Enríquez le gustaba. Lo saboreaba. Exon era un pianista, un gran concertista y ahí tenía, delante de él, una preciosa partitura. Solo tenía que tocarla. Nunca lo había pintado, pero siempre le había atraído. Carlos Enríquez era un rebelde, un tipo diferente que había sabido pintar la belleza del cuerpo femenino como pocos.

Después de aquel mes que duró cien años Exon acabó. Recogieron el tinglado. Apenas saludaba cuando llegaba. Apenas se despedía cuando se iba. Pero había recuperado algo de su unión con aquel lugar. Con el tiempo, según la obra avanzaba, la Directora en persona le traía café y se lo dejaba con una cariñosa mirada, aunque no le permitieran quedarse a contemplar "su obra". Era un café malísimo, pura borra, pero con seguridad era un café del que se privaba para mitigarle el mal trago a él. De alguna manera aquella mujer intentaba animarle, felicitarle, abrazarle. Cuando se fue pensó que cargaría con aquella "sensación" el resto de su vida.

Un amigo le mostró una vez a Picasso un Picasso. «No, es una falsificación», dijo Picasso. El mismo amigo le llevó, de otra fuente, otro supuesto Picasso, y Picasso dijo que ese también era falso. Luego otro de otra fuente. «También falso», dijo Picasso. «Pero Pablo, yo mismo te vi pintarlo», le dijo el amigo. «Puedo pintar falsos Picasso tan bien como cualquiera», replicó Picasso.

Fragmento de *Los restauradores*, Lino García.

Hacer cola sin saber qué pasa en la cabeza

Las cosas en casa superaban con creces cualquier mejor época anterior. Se sentían vigilados, observados, pero eran felices. Singaban, comían, dormían, ¿qué más podían pedir? placeres básicos para privilegiados en tiempo de silencio. Exon esperaba sin saber muy bien qué, pero sabía que esperaba. Todos esperaban. Sin saber muy bien qué, todos esperaban. Quizá algo. Quizá un milagro. Quizá nada. Todo era una espesa y continua espera. Era como hacer cola sin saber qué pasa en la cabeza de la cola. O quizá peor: hacer cola sin saber qué pasará, ni cuándo pasará, si es que pasará. Así, entre alumbrón y alumbrón, continuaba el tenso silencio de la espera mientras Exon y Mara, para matar el tiempo, jugaban a ser felices.

En esos días Exon recibió la primera llamada telefónica de su madre en siglos. «Quería saber cómo estaba». Quería saber… algo que ya sabía. Exon no se molestó en hablar de ello, sino en escuchar qué quería saber en realidad su madre. Ella le preguntó si estaba bien (varias veces) y Exon (todas las veces) le contestó que si, que estaba bien.

Muy bien, teniendo en cuenta la relatividad de "estar bien" con 2 o 3 horas de luz al día, viviendo a buchitos de la bolsa negra, cortocircuitando el contador de la luz (aunque no hacía falta; puesto que no había luz), cargando cubos de agua para bañarse (aunque le pagaba a un vecino por el trabajo), no salir a ninguna parte (porque no había dónde, ni cómo), etc., etc., etc. Al final insinuó que era su padre el que no estaba bien e insinuó por lo que se suponía que él no debía de estar tan bien. Pero quizá, a sabiendas de la escasa privacidad del teléfono, prefirió que Exon lo imaginara en lugar de decirlo con claridad.

Ese día volvieron a llamar casi a mediodía, pero colgaron sin más. Tres veces, como si fuera una contraseña. Exon entendió este hecho como una llamada de atención: «te estamos vigilando». Y, en efecto, dos horas después aparecieron sus "colegas" del Ministerio del Interior que venían a darle un paseo en medio de aquel calor húmedo, oscuro y asqueroso. Una vez en la "unidad", se rompió parte del silencio.

–Los expertos dicen… –anunció como veredicto el oficial que atendía "el caso"–, dicen que tu cuadro no les convence. Que no está mal, pero que no determina si, en el mundo real, has podido falsificar el cuadro de Fridia Kahlo –el Fridia se escurrió como una arruga en la sábana del lenguaje, pero Exon siguió inmutable. Supuso que era por el calor. No había luz y, por lo tanto, tampoco ventilador. Solo un aroma rancio, fétido y espeso, superior a la presión atmosférica, refrescaba la estancia–. Y yo tampoco estoy muy seguro; a pesar de que si me pusieran uno al lado del otro, no sabría muy bien decir cuál es cuál... Pero yo no soy experto en esas cosas y los expertos dicen… que no están convencidos del todo. Así que vas a tener que repetir… la pintura. No esa, quiero decir, sino otra. Los expertos aconsejan que sea una de Fridia… la misma de la niña

–Exon no contestó–. ¿No dices nada? –y no, no dijo nada porque no serviría de nada. Se limitó a levantar los hombros en un gesto que el oficial interpretó como «bueno… qué remedio», aunque en realidad quería decir «bueno... no tienen remedio», y tuvo suerte porque ese tipo de respuesta mal descodificada no suele encabronar a los oficiales de la seguridad del estado, sino más bien todo lo contrario. Les hace sentirse seguros y que "el sujeto" colabora.

Ese día Exon soñó un sueño extraño. Su madre llegaba a visitarle. Abría la puerta y lo encontraba desnudo con Mara.

–¿Tu no eras maricón? –le pregunta.

–¿De dónde has sacado tú que yo soy "maricón"?

–Si no eres maricón entonces para qué traías esas pingas plásticas que vibran de México –se refería a los consoladores–; ¿o te creías que no me daba cuenta?

–Las traía para ella.

–Entonces eres maricón.

Y le parecía que también tenía que convencerla, pero no sabía cómo porque su madre era incapaz de entender que la pinga plástica no sustituía su pinga de carne sin hueso y que no era para él.

Se despertó en medio del silencio del patio empapado de sudor y con una erección brutal. Mara también se sobresaltó de ambas cosas. Antes de decir nada, Exon se colocó una máscara de látex con forma de caballo y se pusieron a gozar como animales.

Hans Van Meegeren vendió a Hermann Goering (jefe de la Luftwaffe y ávido coleccionista de arte) uno de sus cuadros haciéndole creer que era un original de Vermeer por, aproximadamente, medio millón de marcos.

Todo un escarmiento para Goering que, a la postre, sería uno de los protagonistas del expolio de obras de arte a los judíos durante la Segunda Guerra Mundial. El 29 de mayo de 1945, tras la caída del Tercer Reich, fue detenido y acusado de traición por enriquecerse gracias a los nazis.

Hans Van Meegeren confesó que había recibido más de cuatro millones de dólares por siete "imitaciones" de una serie de cuadros maestros del siglo XVII. No le creyeron. Las falsificaciones eran tan fidedignas que los críticos consultados afirmaron que era imposible que él fuera el autor.

Fue entonces cuando Van Meegeren decidió demostrar su autoría reproduciendo uno de los cuadros de Veermer, *Jesús entre los doctores*. Ante un juzgado, y durante varias semanas, copió el lienzo y demostró, como pretendía, que él era un maestro imitador. Se negó a terminarlo para mantener a salvo su secreto. Durante el juicio declaró: Mis obras fueron defendidas por críticos, así como por conocedores y el público, ¡durante siete años en un museo nacional! Sin mi confesión es posible que hubiesen pasado a la historia como auténticas.

El 12 de octubre de 1947 fue condenado a dos años de prisión por fraude.

Fragmento de *Los restauradores*, Lino García.

Gato por liebre (segunda parte)

Exon pintó y pintó, Mara se graduó y la gente de a pie aplaudió y maldijo mientras seguía esperando. Algunos aún recordaban qué; otros ya lo habían olvidado. La vida seguía igual, coma a coma. Al final el veredicto de las copias fue: "positivo".

–En efectivo –concluyó el oficial instructor del "caso"–. Fuiste tú el autor de la falsificación. No hay duda. Está grabado, hay pruebas y los expertos en "el tema" no tienen duda, ninguna duda –Exon estuvo tentado a corregirle. No era una falsificación. Pero a veces es mejor callar. No valía la pena. Ninguno pasó por alto que la "copia" fue pintada apenas sin mirar al "modelo". Exon conocía a aquella niña con máscara de la muerte como si fuera suya. Era, de cierta manera, parte de él–. Sabes... nosotros sabemos muchas cosas de ti. Sabíamos quienes eran tus amigos y amigas: los peligrosos y los inofensivos. Sabíamos que eres un exhibicionista. Sabíamos que eres alcohólico. Sabíamos que, por alguna extraña razón, porque no trabajabas, tenías dólares, muchos dólares, aunque seguro ya no tienes tantos después de esos robos. Lo sabíamos todo de ti, incluso que viviste con dos mujeres... –en realidad todo ese conocimiento estaba incompleto y confuso pero, desde luego, algo sabían; de no ser porque "técnicamente" era imposible saber, no ya todo, sino apenas ese "algo".

Exon podía imaginar, sin ninguna duda, que aquellos agentes de la seguridad del estado tenían instalado un ojo en su casa que todo lo veía. La larga lista que seguía de ese conocimiento no dejaba lugar a dudas. Pero si, "técnicamente" era imposible saber quién servía o quienes servían de micrófono. ¿Quizá yo, mientras escribo estas líneas? Los fantasmas no espían. ¿Quién entonces? «¿Aurora?, ¿¿Aurora?? No me jodas. ¡Aurora! ¡¡Aurora!?». Tenía que ser Aurora la que había sufrido la metamorfosis en garrapata y Exon su animal–, pero faltaba algo. Algo se nos escapaba. Sin embargo, sin embargo –enfatizó para regodearse de la victoria de sus intuiciones–, te cogimos con la masa en la mano Fernando –Exon pensaba: «a qué masa se refiere, a qué mano»; porque, en definitiva, no sabía de qué le estaba hablando–. ¿Así que nos querías pasar gato por liebre?

El "oficial" sacó una fotocopia bastante borrosa donde Exon podía ver su carnet de identidad. Estaba tan acostumbrado a él que había olvidado que era falso.

–¿Así que Exon era tu nombre artístico, no? –preguntó con ironía el guardia, vestido de guardia–, ¿y para eso te hacía falta un carnet de identidad?

–El carnet es una obra de arte, tampoco es una falsificación.

El oficial se destimbaló de la risa, se desternillo, hasta se tiró un líquido encima, que tenía en un pequeño jarrito encima de la mesa. Un líquido que alivió con café el tufo del ambiente. En su vida jamás había oído que alguien justificara un delito con tanta originalidad, tanta ingenuidad, tanto descaro. ¡¿Este hombre, Fernando, pretendía que se creyeran que aquello también era una obra de arte?!

–¡¿Una qué?! ¿Una obra de arte? No me jodas –Exon se quedó en silencio. No era cierto, pero no era imposible. En el arte todo es posible. Pero claro, aquel contexto no era, con precisión, de arte–. ¿Tú te crees que aquí nos chupamos el dedo? Yo sabía que tú estabas en algo, Fernandito. Se acabó tu juego. Por mucho que tu padre sea quien es, tú eres un delincuente. Eso es candela Fernando.

«Se acabó el juego» Exon. Fin de la partida. Fin de tus quince minutos de gloria perdida. Perdiste Fernando. Exon fue detenido de inmediato y conducido a unos calabozos escasos de luz, oxígeno y humanidad. Estuvo tres meses, interrogatorio tras interrogatorio, día tras día. Fue tratado igual que al resto de "reclusos"; en un agujero oscuro, caliente y asqueroso. Estuvo, con rigurosa exactitud, 90 días sin ver a su padre. Solo ante el peligro. No dijo nada. No podía decir nada. Fueron largos e interminables días con sus largas e interminables noches solo, incomunicado, cuestionado, culpado, obligado, entumido, aislado, insultado, despreciado, sucio, insomne, olvidado, vilipendiado, extraviado, ido, castrado, mal herido. Un largo e interminable camino donde, a duras penas, consiguió distinguir el silencio del sonido. Cuando salió de aquel agujero, la luz le quemaba los ojos y la ropa le bailaba encima. Tres meses era el tiempo reglamentario para la investigación. No era peligroso, no era conversador, no era colaborador, era el hijo de un vaca sagrada, así que ya no tenía más sentido retenerle en aquella pocilga.

Volvió a casa andando, a la espera de juicio. Mara estaba igual que él. Desolada. Se abrazaron y estuvieron abrazados como dos amantes que comparten la muerte, el hambre, el vacío; sin ganas, sin apenas respirar, solos en la oscuridad del día y de la noche, hasta quedarse sin lágrimas, sin pena, sin dolor. Tenían que celebrar que había vuelto pero ya no sabían cómo, ni para qué.

El valor depende de las opiniones. Las opiniones dependen de los expertos. Un falsificador como Elmyr se burla de los expertos, entonces ¿quién es el experto? ¿quién es un falsificador?

Clifford Irving

Un poco de culpa

Exon nunca supo hasta qué punto su padre tenía alguna responsabilidad en aquella detención o liberación. Nunca supo que de él también dudaron. Había una posibilidad entre cien que hubiese colaborado contra su hijo. Había una posibilidad entre mil que hubiese colaborado con su hijo. Le interrogaron, le vigilaron y le tronaron. Lo destinaron en una "misión" a la que nadie quería ir. Una misión diseñada para alguien que debía pagar por algo, aunque no se supiera muy bien "qué", ni "por qué", ni "cuánto", para alguien que debía dar una prueba de fe, para alguien que incluso había dejado su vida por la vida de aquel ente abstracto que se hacía llamar Revolución. Las vacas sagradas son sagradas pero algunas vacas son más sagradas que otras.

Su madre volvió a llamar. Esta vez no preguntó si estaba bien, sino más bien le hizo saber que su padre no estaba bien y ella tampoco. Soltó un poco de culpa, como un barco tira chapapote al mar o un globo sacos de arena, y colgó suspendiendo el vacío. Exon estaba tan cansado que ni siquiera le dio importancia. En la supervivencia, como en el arte, todo es posible.

La vida tiene esa capacidad de autoregenerarse. El Ave Fénix no está vivo. La vida es el Ave Fénix. Todo, hasta la más desoladora devastación, se recupera con el tiempo. Todo es cuestión de tiempo. La vida es optimista. Poco a poco, golpe a golpe, la vida de Mara y Exon fue recuperando su "normalidad".

Poco a poco, muy despacio, fueron olvidando lo que nunca olvidarían del todo exiliados allí: en su pequeño país de dos plantas, sin banderas, ni himnos, ni escudos, ni mártires. A Exon no le citaron más, no le interrogaron más. Se podría decir que le dejaron en paz, si no fuera porque el culpable nunca queda en paz. La culpabilidad es como una mosca incapaz de abandonar la mierda. Nunca supieron en qué paró la estafa de la subasta. Quizá la jebita de Pascual disfrutaba de sus quince minutos de gloria. Pascual quizá no. Pascual disfrutaría de la eternidad del infierno.

Mara había empezado a trabajar en el Policlínico del barrio, muy cerca de casa. Eso le permitía darse alguna escapadita y a veces almorzar con Exon. Los dos se habían repuesto bastante. El ser humano es una máquina de recuperación asombrosa. Quizá porque debían rescatar el tiempo robado, quizá porque podrían venir tiempos peores, se mantenían uno junto al otro todo lo que podían, como el payaso y la risa; uno dentro del otro todo lo que podían, como el anillo y el dedo.

Exon era una especie de Horus, el hombre con cabeza de halcón, hijo y padre a la vez. Según la mitología heliopolitana, Geb y su esposa y hermana Nut (la tierra de Egipto y el cielo, respectivamente), dieron vida a dos varones, Osiris y Seth, y a dos mujeres, Isis y Neftis. Para seguir la costumbre incestuosa de los dioses egipcios, Osiris se casó con Isis, y Seth con Neftis. Osiris y Seth no se podían ver. Peleaban una vez sí y otra también. Pero Seth, gracias a un engaño, consiguió asesinar a Osiris, descuartizarlo en 14 partes y ocultar sus restos, desperdigándolos por todo Egipto, para evitar que lo encontraran. Isis, la mujer de Osiris, se enteró del fratricidio, y buscó cada pedazo de su malogrado marido, día y noche, por todos los rincones de Egipto para reconstruirlo. Isis recuperó todos los restos del difunto, excepto el falo. Aunque no pudo completar la faena, Isis utilizó sus poderes divinos y resucitó a su marido Osiris; que a partir de entonces gobernó castrado en el país de los muertos, la Duat. Con los mismos poderes divinos, Isis pudo concebir un hijo del resucitado Osiris: Horus. Horus, apenas recién nacido, quedó escondido y al cuidado de Tot, dios de la sabiduría, que lo instruyó y crió hasta convertirlo en un excepcional guerrero. Al hacerse mayor, por supuesto, luchó contra Seth para recuperar el trono de su padre asesinado y resucitado de aquella manera. Al final Horus fue dios de todo Egipto, y Seth quedó disminuido a ser dios del desierto y de los pueblos extranjeros.

Exon era de cierta manera el Osiris recuperado por Isis; perdón, por Mara. Y a la vez una versión posmoderna de Horus, cabeza de halcón, que recuperaba el falo cuando perdía la cabeza; excepto que Exon, como su tío Seth, quedó disminuido a ser dios de la nada y de los pueblos nativos. Así que Mara y Exon jugaban a toda clase de juegos que exigieran poner un capuchón al pájaro para resucitar el trozo número 14.

Exon tenía aquella cabeza de caballo moldeada en látex, telas (cualquiera servía, pero un blúmer de Mara, recién quitado, valía su peso en oro), cartuchos, bolsas de plásticos (con falta de oxígeno mejoraban un 200% los orgasmos), pantalones (le hacía un pelo largo enorme, peinado como si fuera una motoneta; sudados mejor), máscara antigás (obsequio de MAldito). En realidad cualquier cosa que le desprendiera, de alguna manera, la cabeza del cuerpo, podría valer. Es difícil separar pensamiento de sensación. La sensación es primitiva. El pensamiento es sublime. Debían trabajar juntos pero no revueltos.

Un día después de venirse, Exon salió corriendo a mear sin quitarse la máscara. Parecía un Ganesh, una de las deidades más conocidas y adoradas del panteón hinduista, un ser con cuerpo humano y cabeza de elefante. –No te la quites –le gritó Mara y Exon pensó que quería seguir la fiesta. Tuvo que subir la trompa hacia arriba para poder mear a gusto. Volvió trastabillando hacia ella –Quítale el teipe, pero no te la quites y mírate en el espejo –Sin teipe no había magia, pero en su tono no había alguna insinuación de "más magia". Mara lo había visto así muchas veces; sin embargo, lo que veía ahora no era lo mismo. Exon bajó corriendo las escaleras y se miró en el espejo de "abajo". Él también se sorprendió al verse. Era como una versión sórdida de la niña con la máscara de la muerte.

Mientras se observaba, Mara había bajado las escaleras como un espectro transparente. –Deberías pintarte –le dijo. Exon se volvió hacia donde venía la voz apenas visible. Volvió a mirarse en el espejo. Tenía ante sí, con la escasez de luz, una imagen rara, esperpéntica, llena de fuerza y misterio. Tenía una máscara para contemplar la orgía de la muerte, para salvarse de un ataque químico, una máscara que asfixia para evitar la muerte por asfixia. Tenía una máscara para ocultar el dolor, para ser otro sin ser visto.

«Tiene razón, debería hacerle caso», pensó. Y ahí mismo sacó un lienzo blanco y lo apostó frente al espejo. Frida Kahlo pintó muchos "autorretratos" inmóvil frente a su espejo. Exon copiaría su gesto. Inmóvil y exiliado en su casa-país, Exon podría pintar su intimidad. Él, el ser transparente que siempre decía la verdad. El Ganesh hombre-elefante, el Horus padre-hijo, el Ireme verdadero-falso, el fantasma cabeza-mano. Mara había dado en el clavo. Exon podía ser quien quisiera ser para ser él mismo; podía mostrase desapareciendo. Exon, fuera de juego, podía volver a jugar el juego del arte. Podía decir sin decir. Podía ser él, sin ser él.

–Cortaron a Osiris en catorce trozos, y luego Isis modeló su cuerpo catorce veces, con un trozo original de cada figura.

Fragmento de *Los reconocimientos*, William Gaddis.

Ni isla, ni continente

Los nativos de Cuba, cuando llegó Colón, creían que su tierra no era ni una isla, ni un continente, sino una isla infinita. Los nativos de Cuba, cuando cayó el muro de Berlín, creían que su tierra era el planeta tierra, Pangea. Para los nativos, la idea de Isla no hizo más que crecer a lo largo de la historia. Se convirtió en Continente. Se convirtió en Pangea. Es posible que, si sigue su expansión, se convierta en Universo; aún cuando siga ahogada por su reptílica frontera acuática. En el imaginario del nativo, ser cubano, es lo máximo. 100% Cubano, dice un eslogan para vender el privilegio de ser lo que no está escrito, así de fácil y simple, escribiéndolo.

Exon era, si acaso, 50% cubano, pero en realidad esto era una debilidad impuesta en un lugar donde el patriotismo y la cubanía se cotizaban con lo más sagrado: la vida. Todo por la patria. Todo por el pueblo. Todo por el Estado. Todo por la Nación. Todo por Cuba. Todo por la Bandera, por el Escudo, por el Himno. Todo por Fidel. Todo por Nada. Porque todo eso, en definitiva, no eran más que ficciones fundadas en la fe y en el mito. Todo es susceptible de ser creído. Todo es susceptible de no serlo.

Todo puede ser verdad. Todo puede ser falso. ¿Acaso pudimos elegir el nombre?, ¿lugar de nacimiento?, ¿padre y madre?, ¿color?, ¿sexo?, ¿nacionalidad? Todos estos datos figuran en cualquier inscripción de nacimiento de cualquier país para determinar la identidad del individuo. Sin embargo, nada de esto tiene sentido. Estos atributos están fuera. Boris Groys lo expresó mucho mejor, mucho tiempo después: «indican cómo nos ven los otros pero son por completo irrelevantes para nuestra vida personal y subjetiva». Si asumimos que los otros tienen razón, que los otros saben la verdad, que los otros hacen lo mejor por nosotros, entonces vivimos la vida de los otros y nos olvidamos de vivir la nuestra.

Vivimos entre ficciones porque son necesarias para "construir" la realidad pero no debemos olvidarnos que son solo eso: ficciones. Sabemos que no son verdad pero nos comportamos como si lo fueran. El "problema" surge cuando esto se olvida. José Antonio Marina también lo explicó a su manera mucho después que terminara esta historia (ficción):

> Todo gobierno necesita hacer creer en algo. Hacer creer que el rey es divino, que es justo y que la voz del pueblo es la voz de Dios. Hacer creer que el pueblo tiene una voz o hacer creer que los representantes del pueblo son el pueblo. Hacer creer que los hombres son iguales o hacer creer que no lo son.

A lo que se podría añadir, castigar a los que no son el pueblo, a los que no olvidan que esa justicia divina no es más que otra ficción humana. La legitimación del poder es un invento para regular la sociedad, como lo es un vaso para beber agua. Es una herramienta útil muy propensa a ser inútil; al menos, a funcionar con exactitud para lo que no fue creada.

José Martí, el apóstol (acaso profeta o emisario de Dios), convenido en Santo por los que ganaron y por los que perdieron "La Revolución", en un momento de inspiración soltó una prenda como esta: «El amor, madre, a la patria no es el amor ridículo a la tierra, ni a la yerba que pisan nuestras plantas. Es el odio invencible a quien la oprime, es el rencor eterno a quien la ataca». Esta frase repleta de significantes vacíos (significantes sin significados) es el discurso hegemónico perfecto, movilizador, seductor, de las mayorías. Unifica un significante vacío (patria), un líder (Martí) y un enemigo (este último depende de la época pero es fundamental para que sea incuestionable). Gracias Marina.

La Nación, esa ficción de comunidad imaginaria, existe solo si la gente (¿el Pueblo?) se emociona saludando su Bandera, cantando su Himno, llevando su Escudo con orgullo en el pecho. «Cubano es más que blanco, más que mulato, más que negro». Una ficción es mayor que otra. La Nación existe solo si esta gente está dispuesta a sacrificar su vida por ella. El sueño de la Patria tiene que ser igual a la sangre de la gente. «Nuestro vino es amargo, pero es nuestro vino». Un buen vino, señor apóstol, es mucho mejor para el estómago y para la cabeza, sea o no nuestro.

Fidel es un mito. El héroe es un mito. El mártir es un mito. La Sierra es un mito. Una Nación sin héroes y mártires es como un dulce sin azúcar. Un año después del triunfo de la Revolución, Fidel regresó a la Sierra Maestra y repitió las fotos que más le habían gustado de la contienda con poses, armas y ropas mucho más carismáticas y aseadas. Fue a los mismos sitios y posó con la misma actitud. Fidel falsificó las fotos originales (pasó gato por liebre) y corrigió la Historia (otra delirante ficción escrita por los ganadores). José Toirac no pasó esto por alto y, de hecho, decidió vivir de Fidel, de sus ficciones; incluso fue a los mismos sitios y posó con la misma actitud de Fidel. Para Iván de la Nuez «Cuba fue una revolución expandida desde la fotografía».

La abundancia de papas se ve en los periódicos, no en los mercados. Son papas abstractas. Por eso Toirac, que se limitó a pintar lo que se "ve" en el periódico (lo que los ganadores quieren que se "vea"), era un artista realista-abstracto. La ficción legitimadora tuvo tal entusiasmo que la prensa parecía de otro lugar, de otra realidad. Se sobrecumplían los planes de producción de todo y no había nada. Se fotografiaba un país feliz inmerso en la más absoluta tristeza. Se señalaba con el dedo, puntiagudo y afilado, al enemigo. Un enemigo al que nadie ponía cara pero que justificaba cualquier medida, sanción, represión o exceso, por torpe que fuera. El amor es el odio, vendía Martí y la gente lo compró. Es fácil. Es mucho más difícil entender que el amor es el amor. Quizá porque es más fácil odiar que amar, incluso odiar para siempre.

El imaginario de poder sacraliza al Jefe. Su maquinaria propagandística legitima los mitos y las ideologías. «Una mentira repetida mil veces se convierte en verdad», decía Joseph Göbbels, el jefe de la propaganda del Partido Nazi, y luego del Tercer Reich. Con el «Reich» en llamas y la «Wehrmacht» retrocediendo en todos los frentes, Göbbels consiguió, a costa de repetirlo, que muchos alemanes pensarán que la victoria era posible. El Comandante en Jefe, con una economía destrozada, al mando de un Gobierno inútil y reaccionario de manera manifiesta, va por el mismo camino. Muchos cubanos aún piensan que la "victoria" es posible. Patria o Muerte, Venceremos. Aunque hayan olvidado "qué" se vencerá y no sepan a quien han vencido.

Vivimos en la ficción y matamos por culpa de la ficción. También podemos morir por culpa de la ficción. La obediencia no es un derecho. En cada Nación la obediencia es un deber. No se va a una guerra por una persona, sino por una Nación. Eso es ser patriota, el amor incondicional a la Patria y ser mártir es la sublimación de ese compromiso. Patria o Muerte.

Socialismo o Muerte. La Muerte es la opción más digna. «La Muerte no es verdad cuando se ha cumplido bien la obra de la vida», dijo Fidel. Si no es verdad, es falsa. El mártir es una divinidad. Está por encima de la muerte, como "el Partido". «Los hombres mueren, el partido es inmortal», aún cuando un partido existe solo si tiene miembros. «Recuerda que vas a morir», decían los romanos. Quizá es otra manera de decir: «Recuerda que estás vivo». La muerte es tan natural como el instinto de conservación de la vida. Nada es inmortal, pero la muerte es nada. El hombre lucha por vivir, no por morir; incluso el que arenga a la muerte, en contra de todo curso natural de la vida. Vivir es sobrevivir a la Patria.

Las ficciones, cuando nos olvidamos de su carácter, se convierten en Dogma. No pueden ser cuestionadas. Martí fue uno de los grandes inventores de la ficción Cuba. Fidel la sacralizó. Apartó o reinterpretó con sumo cuidado, con alevosía y premeditación, lo que no se ajustaba a "su" ideología, pero recicló y explotó como nadie lo que si le convenía; «en cada momento debe hacerse lo que en cada momento es necesario». El discurso de Fidel, como el de Martí, es autoritario, mesiánico y teleológico. Se construye sobre la utopía y sobre los mártires, pero los mártires son tan abstractos como las papas de Toirac. No dan de comer a nadie. Crean o no en Él.

Eso tiene dientes

Exon sintió que su don se suicidaría, lo supo un día de esos iguales a otros que no había nada en la despensa para cocinar. Entonces se presentó un tipo en la puerta y le ofreció a Mara carne de tiburón de la misma manera que cuando te ofrecen conejo.

–¿Eso se come? –preguntó.

–Claro, ¿tú crees que yo te voy a vender algo que pueda fundirte? Este trozo está bueno, directo pa' sarteniza'l.

Mara le hizo esperar abajo y fue a consultarle a Exon arriba. Estaba regando las plantas en cueros y Mara le hizo ponerse un *short* para bajar a hablar con el punto alimentario ocasional. Exon miró la carne, estaba fresca. Comer tiburón puede matarte, suelen tener niveles de metales tóxicos por encima del nivel de seguridad, pero ellos ya estaban muertos.

–¿De dónde salió esto? –preguntó al vendedor.

–Al tibursio lo cogieron por Playa. Si, si, no lo pescaron ni na'. La gente lo atacó. Uno grito: Llegó el pesca'o, cuando el pobre se metió en la orilla, y to'a la turba le cayó encima. Otro tipo avisó: Cuida'o caballero que eso tiene diente'. Pero na'. Tenía como tres metros de largo. Un indio le encajó una mano por las branquias y le metió el dedo gordo de la otra por el ojo, se le sentó arriba y esperó a que se muriera del todo mientras los otros lo agarraban por la cola –Exon lo miraba sin decir palabra. Mara solo prestaba el oído–. Enseguida uno pregunto: ¿quién es el último del plan jaba?, y apareció otro con un cuchillo. En media hora no quedó na'. Esta fresquito. Mira, tócalo pa' que tú vea.

Exon no lo tocó.

–No asere, no –le dijo–. Muchas gracias, pero no queremos.

El tipo le iba a explicar que tenía garantía, su hermano era el salvavidas de esa playa en Playa, pero se fue por donde vino extrañado de que ni siquiera preguntara cuánto costaba aquel trozo de escualo; aunque sabía que él tenía dinero. Mara tampoco dijo nada. Ya no podían confiar en nadie. Entraron y todo siguió como si nada. Ese día cenaron boniato hervido. Era lo único que tenían. Por la noche un montón de gatos se reunieron por el barrio para maullar juntos. Ninguna rata se animó a enseñar los dientes. Ningún perro se atrevió a interrumpirlos.

El evanescente mundo de la nada

Exon pintó sus quimeras con todo el repertorio de capuchas
del que disponía, con algunos complementos como una
pañoleta de pionero o una bandera, con el trozo 14 aún
goteando semen, con babas y fluidos por el cuerpo, con venas
y arterias por encima de la piel, con lepra. Hizo una serie
abundante de gouaches, una de acrílicos de tamaño medio y
un tríptico enorme de óleos "antiguos". La aguja de su *Detector
de ideologías* se había trabado en diversionismo, aunque era
posible que estuviera roto. No parecía estar en el lugar
adecuado. Era evidente. Sus colegas tampoco; así que pasaban,
un día sí y otro también, a despedirse. Exon quemó todas la
naves. Produjo originales antiguos de sus rarezas. Viéndolos
uno al lado del otro provocaban confusión y miedo, a la vez
que ternura y compasión. Era una sensación parecida a la que
estimulaba el asesino Jean-Baptiste Grenouille, protagonista
de la novela *El Perfume*. El evanescente mundo de las visiones
de Exon era muy similar al evanescente mundo de los olores
de Grenouille. Exon había hecho "su" obra (aunque sugerida
por Mara). Había pintado sus espanta-Exon. Nada más entrar
con su llave, cerraba los ojos y secaba las lágrimas.

Aquellas imágenes dolían, como un infarto permanente, una agonía perenne, una tortura letal, con tanta pereza que no alcanza a ser muerte. Había pintado "su" obra, a sabiendas de que ninguna Galería o Institución la colgaría de sus paredes. Lo monstruoso da miedo. Es feo. El horror de la verdad no encaja en la falsa Utopía. Antonia Teodora Eiriz Vázquez lo supo mucho antes. Fue una pionera de ese sufrimiento. Ahora Exon, ajeno a su voluntad, seguía sus trazos. Sería su última obra. Después de esto, como Antonia y Umberto Peña, ya no volvería a pintar jamás.

El evanescente mundo de la nada agonizaba para siempre. Los mártires mueren, ese es su destino. Los impuros están condenados a pulular en el limbo de la eternidad. Los mártires existen solo si la gente, el Pueblo, no los olvida. Los impuros existen solo si la gente, la Familia, no los olvida. Exon resucitó a esos impuros espanta-Mara. Les dio una segunda oportunidad en la vida. Pero la muerte tiene pocas oportunidades. Te sopla la nuca hasta que te alcanza.

Su madre vino a ver "el Juicio". Casi a puertas cerradas le llegó "el Perdón". No iba a la cárcel. Le reservaron el pago de una extraordinaria multa por algún delito infuso; el equivalente a 5 años de salario, otra ficción, de un profesor universitario. Estaba en la lista negra. Cualquier cosa que pasara cerca o lejos, tendría que ver con él. Si viniera cualquier extranjero importante, se acordarían de él. Si se celebrara cualquier evento relevante, se acordarían de él. Teniendo en cuenta que acordarse de alguien era recibir visitas no planificadas, interrogatorios interminables y, quizá, detenciones preventivas. Era "peligroso". Estaba marcado como se marca una vaca no sagrada en la piel.

Su padre estaba castigado. Algunas vacas sagradas son más sagradas que otras. En reconocimiento a su entrega e incondicionalidad, Exon quedó libre. En reconocimiento a su debilidad, el padre de Exon fue degradado a hacer cosas impropias de un fundador de la contrainteligencia cubana y comecandela desde la Sierra Maestra. Y eso, «¡eso es candela!».

Las consecuencias de "aquello" podían ser tan diversas como fortuitas. Por ejemplo, podían prohibir la salida del país a Fernando, ex-Exon, por peligrosidad. El tenía un carnet de extranjero residente verdadero. No lo expulsarían del país porque sería como condenarle a no condenarle. Aunque, en realidad, si Fernando quisiera, podría entrar a la embajada Mexicana sin pedir permiso, sin saltar la cerca, y pedir amparo. Era mexicano. Quizá Cuba le obligue a vivir en la embajada el resto de sus días, como viven los que entraron en la embajada del Perú matando al custodio con una guagua. Fuentes no oficiales sostienen que el custodio resultó muerto por el fuego cruzado de los otros guardias apostados enfrente suyo, pero eso es historia y la Historia es también una ficción. Podrían forzarlo, impidiéndole trabajar en cualquier empresa oficial (es decir, en cualquier empresa; todas, sin excepción, son del Estado), a delinquir, a huir por sus propios medios (en balsa, volando, nadando, etc.), a ahorcarse, a cortarse el cuello con una cuchilla oxidada, a mendigar, etc., etc., etc. A no pintar ya se había condenado él solito, así que esa muerte no valía, no era digna. En cualquier caso, Fernando pasaba a engrosar las filas del ejército de infieles, antisociales, inadaptados, de muertos en vida, condenados a vagar por aquel limbo insular, espiritual, ideológico, etc., etc., etc. Podrían esperar, ponerle un ojo encima y esperar el error: «esperar es una manera de vencer».

Mara sabía que podía irse cuando quisiera. Su condenación era indirecta. También afecta, pero no es tan grave y lacerante como la primera. Jamás sería de "confianza". Jamás ganaría nada (aunque ya no había nada que ganar). Jamás le propondrían para engrosar las gloriosas filas del Partido (lo que quizá agradecería; aunque, con toda seguridad, no fuera capaz de admitirlo en público). Jamás sería algo más que una enfermera rasa. Ella podía elegir, pero ya lo había hecho. Fernando le pidió que se quedara y ella se quedó.

Si los dos fueran a consultar a una espiritista, tal vez les obligaría a tragarse las cartas, o tal vez a escupirlas. Su destino era gris con pespuntes negros. Pero también era el destino de la mayoría, aunque no lo supieran; aunque aún creyeran en la Patria, en los Mártires y en la Revolución.

Exon tenía su "reserva" artística a salvo. Tardaría una eternidad en hacer algo más que contemplarla en secreto. Tenía demasiados ojos encima, por mucho que no los viera. La paranoia es tan eficaz porque te hace trabajar gratis para quien te vigila. Consigue que te vigiles a ti mismo por nada. Voluntariamente. Es un invento de "el diablo".

Tenía "su" obra. Igual su madre podría sacarla a México y venderla (algo demasiado improbable pero no imposible). Igual podría comérsela en tiempos más difíciles. A diez de última, siempre podría jugar a la pelota, aunque ya se hubiera acabado el último partido.

Aún les quedaba dinero. Así que podrían sobrevivir algunos años sin demasiado agobio. Se habían acostumbrado a vivir con poco. A comer poco. A dormir poco. A singar poco. Como una garrapata, podrían aguantar mucho tiempo hasta que pasara un animal. Exon era un tipo con recursos.

Lo que ha sido creído por todos siempre y en todas partes, tiene todas las posibilidades de ser falso.

Paul Valery

Siempre que llueve escampa

Se olvidarían de él. Tarde o temprano todo el mundo lo olvidaría. A los infieles se les olvida mucho antes que a los mártires y a los héroes. «Si algo puede salir mal, probablemente saldrá mal». Opción Cero. Opción menos uno. Opción sin opción. «Pa' lo que sea Fidel pa' lo que sea». «No hay mal que dure cien años». «Una mentira repetida mil veces se convierte en verdad». Socialismo o Muerte. Patria o Muerte. Pero al final el tiempo lo cura todo. El tiempo cierra las heridas. El tiempo, el implacable el que pasó, quizá deje algo más que una huella triste. El tiempo que pasa antes y después, en un efímero ahora. El tiempo de la verdad. Todo es cuestión de tiempo. Y el tiempo se congeló, con el congelador sin electricidad.

Al final la realidad, repetida mil veces, se convirtió en ficción. En la isla infinita todo puede suceder. «Dentro de la Revolución todo, fuera de la Revolución nada». La nacionalidad es un accidente geográfico. El sexo y el color de la piel son accidentes biológicos. La política, después del accidente, es como el tranvía que arrolló el autobús en el que viajaba Frida y lo aplastó contra un muro.

La ideología, después del accidente de la abuela, es como el sonido del piano que no existe o el cuerpo de los fantasmas que habitan el piso de abajo. Frida sobrevivió. Fernando por ahora también. El Pueblo de Cuba también.

Fernando cumplió su promesa. No volvió a coger un pincel nunca más. Se automutiló; quizá para protegerse de sí mismo, quizá para acelerar el dolor y la agonía que produce una muerte zombi. Mara siguió con su vida. Fernando siguió con su vida. Los dos siguieron con su vida. Los dos "arriba" y "abajo". Todo lo que pueda salir mal saldrá peor. Un día Fernando resbaló, justo al lado de la escalera. No se rompió la cabeza de milagro. Es un cabezadura; pero perdió el conocimiento. Cuando Mara llegó, lo encontró flotando en un charco de sangre. Mara gritó. Los vecinos empezaron a aparecer por todas partes. –¿Qué pasó Mara? ¡Ay, Dios mío! – Parece que está muerto. Ayuda por favor. Mara gritó, chilló, clamó, vociferó, aulló, bramó, berreó, mugió, bufó, se desgañitó. Entre varios voluntarios lo sacaron en volandas y lo llevaron corriendo hasta la esquina. Pararon el primer carro que pasaba y lo desviaron al Hospital. Se salvó de milagro. Había perdido una gran cantidad de sangre pegajosa.

En el corre-corre la puerta de la calle quedó abierta. La casa de "arriba" no; un largo y desvencijado muelle la cierra a cal y canto como un brazo invisible mediante un sofisticado mecanismo desengrasado. Pero la de casa de "abajo" sufrió las consecuencias. Se llevaron aquella cabeza de caballo moldeada en látex, las telas-caperuza, los cartuchos, las bolsas de plásticos, la máscara antigás (obsequio de MAldito). Mara lloró.

Después de aquel "accidente", todo fue a peor. La isla siguió a la deriva. El continente siguió a la deriva. El mundo siguió a la deriva. La gente siguió a la deriva. El arte siguió a la deriva.

Llegó el momento en que ni siquiera podía conseguir separar la mitad de su cuerpo, de la mitad de su cabeza. El sexo siguió a la deriva. Las balsas siguieron a la deriva. Las proclamas, las consignas y la propaganda ideológica siguieron a la deriva. Todo siguió en su inevitable deriva hacia el evanescente mundo de la nada.

En el último día que recuerdo de aquellos tiempos de destrucción el cielo estaba azul, adornado como siempre por algunas nubes blancas (la naturaleza es realidad, no ficción; siempre sobrevive con elegancia y contundencia a cualquier ficción). La mar estaba serena. El sol brillaba. Parecía un día feliz. Sin embargo, en la radio se anunciaba tormenta.

Se esperan chubascos en gran parte del territorio nacional y lluvia de cerdos en la capital.

Un naufrago no sabe lo que es la soledad hasta que no llega otro naufrago a su isla.

Pedro Pablo Pedroso